かくりよ神獣紀
異世界で、神様のお医者さんはじめます。

糸森　環

22154

角川ビーンズ文庫

目次

ひ、不二の隠り世に生る御伽話……007
ふ、諦め切れぬと諦めた奮闘話……040
み、水も言も巡れと言う夢幻話……091
よ、小夜嵐の吹き荒れる与太話……143
い、一つに絡んで報いぬ過去話……174
む、三千世界の君に告ぐ怪談話……204
な、焦がれて花咲くこの御伽話……245
あとがき……272

かくりよ神獣紀
人物紹介
亜雷
かつて神だったという青年。長く封じられていたせいで記憶が曖昧。黒太刀を所持しており、金虎に変身する。
変身
桃井八重
『迂路児』として『亥雲』の国に転生した少女。前世の記憶があるせいで、周囲に馴染めずにいる。

変身

栖伊（すい）

亜雷の弟。長く封じられていた中で本質を失い、『奇現（きげん）』の病に冒されている。白太刀を所持しており、白虎に変身する。

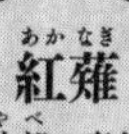

紅薙（あかなぎ）

美治部（みやべ）の青年。荒魂（あごん）の性を持つ鹿の綺獣（きじゅう）。

頬鳥（ほおどり）

美治部（みやべ）の青年。荒魂（あごん）の性を持つ鳥の綺獣（きじゅう）。

加達留（かだる）

花耆部（かきべ）の首長。八重の養親。

御白（おしろ）

加達留の娘。はっきり物を言う性格。

本文イラスト／Ｉｚｕｍｉ

ひ、不二の隠り世に生る御伽話

桃井八重には前世の記憶がある。

いや、果たしてこの記憶を前世と判じていいのか、少し迷う。

かつて八重は四国地方のとある小さな町で暮らしていた。十代の後半に進学目的で上京したが、大学卒業と同時に帰郷した。

故郷での就職先は地図情報を扱う堅実な会社だ。

在学中のバイトが地図製作の調査だったので、その縁を頼る形での就職になる。

幸運なことに、生まれ育った地にもバイト先の系列会社が存在した。「帰郷するのだったらそちらでも継続して、うちで働いてみる？」と声をかけてくれた親会社の厚意に甘え、地元で新卒社員として採用してもらった。

　そうして八重はお手製の住宅マップを片手に道という道を歩いて歩き、家という家も片っ端から訪問し——たぶんその地味な調査の途中で事故かなにかに巻き込まれ、死んだのではないかと思う。……のだが、まったくべつの理由かもしれない。

　そこらへんの記憶については靄がかかっていて、いまでもわかっていない。

もしかすると病死の可能性もある。それとも過労死……は、ちょっと嫌だな。

死亡理由を突き詰めて考えると切ない気持ちになりそうなので、八重は深追いしないことに決めている。ともかく、気がつけば八重は『此の世』に生まれ直していた。

前の世の記憶が単なる残滓以上に鮮明にあるためか、正直なところ、生まれ変わった事実に対してあまり実感を持てないでいる。『桃井八重』という自我はそのままに、肉体のみが三、四歳の幼児にまで退行したというほうがよほどしっくりくる。

こうした生まれの者を此の世では『うろこ』という。

迂路児。べつの世で生まれ遠回りして還ってきた子、との意味らしい。

八重の感覚でざっくり言うなら、転生した日本人が『うろこ』だ。

こちらにある古書には洞児とも記されている。また、ほらこ、と呼ぶ場合もある。此の世に生じるとき、まるで母体に包まれているかのように、古木に作られた洞の中に現れるからだ。

此の世では、少し珍しいという程度の生まれ方なのだと聞く。前の世に人口の約十パーセント存在する左利きの割合よりやや低いくらいか。

うろこの生誕は、正確には「活現」という言葉を用いる。

洞に活現したうろこは八重以外にも数多く存在する。

ただし普通は、すぎる月日とともに前の世の記憶も朧になる。魂が『此の世』の律に馴染むと、自然と記憶も身体の中から剝がれ落ちる。此の世で生きるのに不要な記憶ということだ。

けれども八重の場合はすでにこちらで十年近くが経過しているが、いまだ前世の記憶がなくならない。

かつての人生と比較して考えたとき、『此の世』――この『亥雲』の国は太古の日本か、あるいは、日本が辿る遠い未来のひとつではないかという疑念が脳裏に浮かぶ。

進化と退化を繰り返して文明は崩壊し、国の形も様変わりした。生物の在り方さえも、これまでの常識の外にある。無慈悲な運命の手で人も獣も道も、すべてがぐちゃぐちゃに攪拌されてしまった。

ここはそういった、不思議こそが日常の、奇怪な世なのだと八重は考えている。

とはいえ、そんなふうに冷静に世の中を受けとめられるようになったのは、活現してしばらく経ち、気持ちが落ち着いてからのことである。

『此の世』に生じた直後なんかはひどいもので、パニックの連続だった。

――あの日、ふと眠りから覚めたかと思えば、八重は古木の洞の中で一人、胎児のように身を丸めていた。

動揺するまま外へ出て、あたりを見回し、さらに愕然とした。

「なんだこれ」

そう呟いて、はっと自分の手を見つめ、より強い驚きに打たれた。

「えっ、なにこれ、私の手？」

勝手に口から漏れた言葉には、色濃い恐怖がまざっていた。

自分の手足がびっくりするほど縮んでいる。どう見ても幼児の手だ。着用中の服も、いつものパジャマ代わりのキャミソールとパンツではなくて、シフォン素材のようなふわふわした手触りの半透明の布一枚のみだった。

「はあ!?」と、八重はたまらず叫んだ。声もまた、幼子のそれに変わっていた。

いったいどうなっているんだ、夢でも見ているのか。そう焦る一方で、八重は確かに「私の魂はこちらの世界に新しく活現されたのか」と正しく理解してもいた。

どちらかの感覚のみであれば、もっと早くこの異界をすんなりと受け入れられていたのかもしれない。しかし前世と今世の意識の両方がまざった結果、もとの記憶や思考のほうに引っぱられる状態になった。生まれたばかりの幼い意識よりも、二十四年分の意識のほうが強くて当然だ。

八重はたちまち恐怖に呑まれ、助けを求めて洞のそばを離れた。その行動はきっと、失敗だった。むやみに動き回らずあの場にじっとしていれば、発達した嗅覚を持つ誰かが八重の活現の気を嗅ぎ取って、迎えに来てくれただろうに。

幼児にまで縮んだ手足の覚束なさが、いっそう理性を打ちのめした。うまく走れない。私の身体どうなっているの。どこに行けばいい。どうやったら家に戻れるの。

混乱しながら深い山中を走り回り、八重はすぐに息も絶え絶えの体に陥った。それはそうだ、いまの自分は三、四歳の無力な幼女でしかない。ろくに整備もされていない山の峠を越える体力なんてあるわけがなかった。足の裏も痛くてたまらない。応急処置として葉っぱを巻き付けたりしたが、その原始的な自分の姿に涙がこみ上げてくる。

「死んでしまう……」

八重は泣きながら気絶して、起きて、歩いて、気絶して、泣いて、という究極のサイクルでその日を乗り切った。

翌朝、猫ほどもある大きな栗鼠が頭の横を駆けていく音で目を覚まし、そのときにやっと、本当に死ぬという実感のようなものが静かに胸にわき上がった。だがその日は恐怖以上に空腹感がつらかった。なにか食べたい、飲みたいという強烈な飢餓が頭の中を支配した。

そろそろ誰か助けに来てくれてもいいんじゃないかとも、ぼんやりと思った。いまの私、か弱い幼子だぞと。

靴さえ履いていない幼女が薄暗い山の中をべそべそと泣きながら這い回っているのに、誰一人として親切な人間が都合よく登場してくれないとか、どうなっているんだ。

「おなかすいた、死ぬ……」

足の裏から血が滲み、痛みで立っていられなくなる。

ゆるやかな斜面をほぼ転がりながらくだった先で、八重は、いい匂いが漂ってくるのに気づいた。甘酸っぱい果実のような匂いだ。

実際は腐臭の甘さだったのだけれども、身がよじれそうなほどの耐え難い空腹が、なけなしの危機感さえも軽く蹴り飛ばしてしまった。

匂いのするほうに必死で這っていき、そこで見つけたのが枝のうねる石榴の木だ。……石榴だと、八重は無理やり思い込むことにした。

石榴の木が密生するその一帯には、なぜか虫や鳥の声がいっさい聞こえなかった。

それに、周辺の古木と比べると、石榴の木はずいぶん低木に見えた。むしろ石榴以外がすべて巨木だった。そのために山中は昼であろうと夕闇のような暗さが漂っていたのだが、石榴の木が連なる向こう側は、いっそう怪しげに沈んで見えた。

危機感が瀕死の状態であっても、さすがに奥側へ踏み入る気にはなれなかった。

八重は、手前側に生えている背の低い石榴の木のほうへにじり寄った。手足は泥塗れになり、細かな傷がいくつもできていた。

その木の横には、恐ろしく太い煤けた朱色の柱が斜めに地面に突き刺さっていた。空から巨人が槍でも投げ付けたかのようだった。

八重は地面に転がっていた石をひとつ拾い、石榴の枝になる果実目掛けて放った。

成人女性の身体のままだったらもっと簡単に果実を手に入れられただろう。だがこの頼りなく薄っぺらい身体では、全力でジャンプしたって一番低い枝にすら手が届かない。

何度も石を投げ付けて腕が痺れ始めた頃、やっと果実をひとつ落とすことに成功した。

それを両手で大事に拾うと、八重は声を上げて泣いた。

「なにか食べなきゃ、餓死する……。でも……食べても死にそう……」

どう考えたって、この果実は危険だ。そういうやばさしか感じない。

口にした瞬間のたうち回って苦しむ未来しか想像できない。

「なんで生きるか死ぬかの選択を迫られてるの、私……」

皮が簡単に剝けたのは腐っていたからではなく熟し切っていたためだ、中の実が黒く見えるのは周囲に漂う夕闇のような暗さが原因だ、白くて硬い粒がまざっているのも気のせいだ。大丈夫、食べられる。これは食べ物だ、さあいけ——……。

空腹による思考力の低下と、肉体からの「早く栄養をくれ」という切実な欲求が、八重の口を開けさせた。

結論から言うと、まずかった。

腐っている味しかしなかった。それでも食べた。

食べる理由なんてひとつしかなかった。

(生きたい)

種なのか、やけに硬い粒もまざっていたけれど、それすら八重は必死に咀嚼した。飲み込む作業をやめられなかった。頭がおかしくなりそうなほどに「生きたい」と思った。

(まだ生きたい、どうしても……)

また死ぬのは嫌だ。自分の心が、魂が、眠るようにふっと消えてしまうのが怖い。生きたい。

八重の全身が血を噴くようにそう叫んでいる。

零れる涙も拭わず一心に食べ続け、やっぱりこれやばいわ、腐っている以前に猛毒だったんじゃないか、と非情な現実をようやく認めたあたりで意識が霞んだ。あ、だめだ、私はここで死ぬんだなと確信した。

そして、次に目を開けたときには、八重は他者の手で救出されていた。

「八重先生、ちょっといいかな」

そう声をかけられたのは、八重が馬酔木に『名付け』の呪を施そうとしたときだった。

筆はまだ墨壺の中に浸す前だったので、布に包み直してウエストバッグ——腰帯にさげた薄茶色の革袋に戻し、「はい」と笑顔で振り向く。

後ろにいたのはこの花耆部の地を治める首長加達留の息子、操だ。身の丈は六尺以上……百九十センチを超える大男で、くりっとした赤い瞳は快活さよりもどこか頼りなげな子どもっぽさを感じさせる。

いまは初夏、皐月の頃だ。彼が着用中の衣も季節に合わせて薄手である。基本の形は男女とも変わらない。丈長の袍に帯、ズボン、革靴。八重も操と似た恰好をしている。白地の帯に藍色の袍。襟や袖口には蔓草の模様。彼のほうは繊細な刺繍が入った薄緑の上衣の腰を菜の花色の帯で締めている。新緑が匂い立つような、若々しさを感じる組み合わせだ。

「作業中すまないね、先生」

「いえ、大丈夫です。そろそろ休もうかと思っていたところなので」

首を横に振って八重が答えると、操は機嫌をうかがうような控えめな微笑を浮かべ、赤茶の短い髪を掻いた。

八重は部の民に「先生」と呼ばれるたび、なんとも言えない気持ちになる。前の世の年齢を無視すれば、いまの八重は十四、五の少女でしかない。操も若いが、二十代半ばにはなっている。

「明日の夜にでも〈廻坂廻り〉をお願いしたい。親父様からの言づてだ」

「ああ……、もう一月が流れましたか。わかりました。すぐに準備しますと加達留様にお伝えください」

八重は操から視線を外して遠くを見遣り、うなずいた。

操は、ほっとしたように微笑んだが、すぐに顔をしかめて「なあ、八重先生」と、緊張した声を聞かせる。彼の憂いを帯びた眼差しは八重の背後を捉えている。

「先生の後ろにまた黒葦様がいるよ」

振り返れば、いつの間にそこにいたのか、大きな虎が八重の背後に座っている。

黒葦は、夜の底からぬらりと出てきたような真っ黒い毛並みの虎である。瞳は向日葵や蒲公英を思わせる明るい黄色。毛並みが黒いので、闇夜に満月が二つ浮かんでいるかのようだ。

「黒葦様は私のことが好きだよねえ。気がつけばそばにいる」

からかいつつ虎の頭をひとつ撫でると、ものすごく嫌そうに鼻の上に皺を寄せて八重を睨み上げてくる。冗談のわからない虎だ。

かわいくないなあ、と黒葦の耳を引っぱったとき、操が真面目な顔をして呟いた。

「いや、本当に八重先生は妖獣に好かれる人だ。怖いくらいに好かれているから、いつか霊魂までもが飴玉のようにしゃぶられるのではないかと心配になる。まあ、先生に長く贄の真似事をさせている俺たちが言えたことじゃないが……」

用件を告げ終えた操がそそくさと去ったあと、八重もまた『名付け』の作業を中断して住処へ戻ることにした。

虎の黒葦が当然のように後ろをついてくる。

八重は黒葦をちらりと見てから、中空に荒波のような稜線を描く山々へ顔を向ける。山頂にで、幽遠という表現がよく似合う。

八重の暮らす花耆部は、連峰たる八弥岳のひとつ、耶木山の谷間に作られた小さな盆地の集落である。

視線を手前のほうへ引き戻せば、耶木山の斜面に、緑も見事な段々畑がうかがえる。畑の間には赤や黄の花が咲く。あれは躑躅、金鳳花。

風が吹き込むこの盆地の底にも田畑が作られていて、それらの溝の横を、地を這う蛇のごとく川が通る。家屋は畑の合間にぽつりぽつりと立つ。

山の斜面に渦のように作られた無数の段々畑は、亥雲国の南方を占める花耆部の大きな特徴のひとつだ。

――国とは呼ぶものの、これは日本でいうところの「何々県」とほぼ変わらぬ規模である。部は、「その何々県にある何々町の集落」に相当する。花耆部の人口は五千程度にとどまる。

亥雲国の周辺にはまたべつの国が存在する。どの国にも自治権を持つ「大乙守」と呼ばれる統治者がいて、その下の部に首長が置かれる。実際に民を守るのは各部を治める首長の一族だ。領土や資源を狙う他国からの干渉を退け、集落を荒らす山賊を討ち、天災の被害を防ぎ、そしてあちらこちらに生じる邪霊を祓い清めるための様々な『奇祭』を行う。厄を振り撒く「堕つ神」を鎮める儀式などもこれに該当する。

操が先ほど八重に言った〈廻坂廻り〉もまた、奇祭のひとつだ。

その内容は、祭りの場に指定された一画を、提灯を持って練り歩く。

言葉にすればこれだけである。

が、事はそう簡単ではない。

(廻坂廻りって、私が任されている奇祭の中でもダントツの怖さがある)

花耆部の地に限らず、他国でも奇祭は頻繁に執り行われている。

思い返せば日本だって全国的に多様な行事が存在したが、こちらの祭りとは性質が異なる。

花耆部の祭りは、夜店が出て花火が上がって、といった皆で楽しめる内容ではない。

「黒葦様は、廻坂廻りがどんな由来を持つ奇祭なのか、ご存じじゃないの？ 私は堕つ神を宥める祭りだとしか聞いていないんだよね」

八重は、道の途中で発見した枇杷の実をもぎながら、黒葦を見下ろした。

この黒葦は、何年も前に、八重がはじめて〈廻坂廻り〉を行ったとき出会った獣だ。それ以来、なぜかふとしたときに姿を現して八重の周囲をうろつくようになった。

単なるあやかしにすぎぬのか、それとも神格を持つ獣……神使の類いなのかは十年近く経ったいまも判然としない。そういえば、はじめは魔物のような不気味さと怖さをまとっていた。それが年を重ねるごとに少しずつ薄れ、理性も取り戻していったような気がする。

「黒葦様が人語を話せたらなあ……ちゃんと意思の疎通ができたのに」

八重は残念に思いながら、風に乱された長い髪を片手で押さえる。顔にばさばさとかかるのが鬱陶しい。組紐でまとめてくればよかったと後悔する。

腰までの長さの黒髪は、雨の日には湿気でぶわっと膨らむし、乾燥した日もやはり増えるわかめみたいにもさもさと広がるので本当に困る。おいおい少しは落ち着けよと言いたくなる。

「会話がしたいですよ、黒葦様。ちょっと人語の練習をしてみない？」

がんばれ、とにこやかに笑って拳を握ると、黒葦から冷たい目を向けられた。

この大きな虎は人間並みにすこぶる知能が高い。話せずとも、八重の言葉をきちんと理解している節がある。

「でもなあ……、黒葦様は話したくても話せないっていうより、おまえとの会話が面倒だから話さないっていうスタンスに見えるよ。やるせないわ……。もっと積極的に私に懐いて」

愛想皆無の黒葦相手に益体もない話をするうち、八重は、自身の住処に到着した。

八重の家は、段々畑の中間に立っている。

外観は、蔓草に覆われた、苔生すウイスキーの瓶だ。

なにかの比喩ではない。

一軒家ほどにも巨大化した、某有名な日本製ウイスキーの瓶で間違いない。ボトル部分は楕円形のような平べったいラインで、縦長。前の世の八重もこのウイスキーを時々美味しくいただいていた。好みのつまみは野菜スティックとブルーチーズだった。

この世界にもチーズや麦酒は存在するが、八重の記憶にあるものとはかなり味が違う。

（ファンタジックな眺めだよなあ……）

心の中で感嘆すると同時に、かすかに寂しさも抱く。自分にとってはかつての世にあるもののほうが馴染み深い。その感覚がいっこうに消えない。

（でもこっちって、完全に異次元の世界というわけでもない）

八重が比較的早く「この異界は太古の日本か、あるいは日本が辿る遠い未来のひとつじゃないか」と推測したのは、こういった『ファンタジックな眺めの物』の存在が関係している。

花者部の地には、あちこちにビール瓶やら食器やら、車やら、電柱やら――前の世で日常的に目にしていた様々な物が打ち捨てられている。

こちらではそれらを総じて『奇物』と呼ぶ。

そしてその奇物の大半が、恐竜かというほどに異様に巨大化している。

巨大化の程度は物によって差が見られるが、そこにどんな法則性があるのかは不明だ。

花者部はとくに奇物の数が多い地だと言われている。

だから民の一部、とりわけ八重のようにうろことして生まれた者は、「ほっほうこれはなかなか便利ですね」と、内部が空洞になっている『奇物』をありがたく家や倉庫代わりに使わせてもらっている。以前の人生で馴染みのある物が大半なので、他の民のようにそれらを警戒することもない。

八重は亥雲以外の国を訪れたことはないが、おそらくは全国各地にこうした遺跡の類いが見られるはずだ。

――もしかしたらここは太古の日本でもなく、遠い未来のひとつですらないのかも、と八重はこれまでの自分の推測を否定するような考えをふと抱く。

ここは完全に次元の異なる世界だけれども、たとえば海や川が遠く離れたところから不法投棄されたゴミを岸へ運んでくるように、日本にあった物がなにかの拍子に境界を越えて、こちらへ流れ込んできたという可能性もゼロではない。

(どっちでもいいか。……もとの世界へ帰れるわけでもないし)

どんなに懐かしくとも、そこらへんの諦めはついている。感覚の部分で理解している。

深く息を吐き出す八重を、黒葦が怪訝そうに見上げた。

八重が住居にと定めたこの「ウイスキーハウス」はガラス製で、注ぎ口となる上部は大きく欠けているが、そこからボトルの半ばほどまでが蔓草にびっしりと覆われている。また、ボトル部分も年月の経過を証明するようにひびや細かな傷が走っているため、白く濁り、外から覗かれることはまずない。割れる心配もしなくていいだろう。これだけ巨大化しているのだ、当然厚みも増している。強化ガラス並みの耐衝撃性能があるに違いない。欠けている注ぎ口部分には石材を詰め込んでいる。

八重は扉を開けて中へ入った。穴のあいていた箇所を加工して木戸を取り付けている。

楕円形のボトルの中なので、間取りもその形。二十畳ほどはあるだろうか。

全面に手作りのタイルを張り付けた、ゆるく曲線を描く壁、大型の木製棚に箪笥。床は、平らになるように板をわたしている。中央あたりに分厚い織物を敷いていて、三日月形のハンモックを置き、それをベッド代わりにしている。

左端に取り付けた折れ戸の向こうには、手押しポンプのついた小さな井戸と竈がある。そちら側は底部分のガラスをくり貫いた状態で板タイルを敷いているため、居間側より一段低くなっている。厠と風呂場はさらにその向こう側。仕切りの奥にある。

黒葦も我が家のように遠慮なく室内に入り、先日編み上げたばかりの座布団に寝そべる。

「待って黒葦様。肉球……足の裏の泥を落として」

八重は壁際の木製棚から手ぬぐいを取り出し、嫌がる黒葦の前肢を掴んで泥を拭った。表面は固く、それでいてやわらかさのある魅惑の肉球だ。さりげなくそこをつついていたら、腹を立てた黒葦に反対側の肢で腕をぱしりと叩かれた。

「疲れた私にちょっとアニマルセラピーのサービスをしてくださいよ。お昼抜いて作業してたんだから」

かつての会社にいたセクハラ上司のような発言をしながらも、八重は本気で空腹を覚えたので、早い夕食の準備に取りかかることにした。

「あー……、しまった。卵も腸詰めの肉も切らしてるや……」

八重は折れ戸を開けて、竃のそばにある収納庫の中を確かめ、顔をしかめた。黒葦もついてきて、八重の横から収納庫を覗き込む。収納庫は床下に設けられており、これが冷蔵庫代わりになっている。

帰宅途中にもいできた枇杷をそこに入れながら、八重はぼやいた。

「電気やガスが使えないのはきついよねえ……」

食料品が腐らぬよう、よく冷えた、ペーパーウェイトのような丸い水晶を二つ、三つ、収納庫に入れている。数日しか効果が持続しないので、代金を支払って、またこれを冷やしてもらう必要がある。……面倒だ、明日でいいか。

「買い物には行かなきゃだな。黒葦様も一緒に行こ」

荷物運びさせようと愛想良く笑いかけたら、疑わしげな目付きをされたが、黒葦はおとなしくついてきた。

「贅沢は言わないから、二十四時間対応のコンビニとスーパーとドラッグストアがほしい。できれば家電製品も使えるようになれば……。誰かまじで自転車を開発してくれないかな。でもこっちって鉱物が本当に貴重だからなあ……、技術が磨かれるだけじゃだめな気がする」

贅沢そのものの欲望を口にしつつ、八重は空の籠を持って黒葦とともに再び外へ出た。

こちらの世界にも貨幣が流通している。物々交換も可である。八重の収入源は奇祭関連の他、手編みの織物、刺繍の品の販売と、割合稼いでいるほうだと思う。

なんでも揃う大型スーパーはないが、商人が存在するので、日用品や食料は彼らから購うのが普通だ。が、卵や青果類は個人から直接買う場合も多い。

八重が最初に足を向けたのは、段々畑の下に設けられている行商人用の長屋だ。

ここに日中、余所からやってきた商人が表の戸を開放し、笊や桶に品を並べて民に売り付ける。ちょっとした露店のような雰囲気がある。

視線を巡らせば、長屋を冷やかす民の姿がちらほら見える。黒葦を連れた八重に気づいて皆、ぎょっとする。

一番に声をかけてきたのは、顔見知りの米屋の商人だ。

「八重先生、また黒葦様をお供にしているの？」

「護衛です、護衛」

適当に答える八重に、米屋の商人が苦笑する。

「お米、三椀ください」

こちらでは、一合二合という単位ではなく「椀」で買う。一椀が、二合分、つまり約三百グラム。朝昼晩と一杯ずつ食べた場合、三、四日ほど持つ量だ。

「あーい」と商人が返事をし、梯子をのぼって巨大桶から米を柄杓で掬う。この桶は奇物ではないけれども、とても大きい。大人の背丈ほどもある。

隣の麦屋、酒屋も、この大きな桶をどんと長屋に並べている。あとで麦も買おう。こちらの世は、白米よりもパンのほうがよく食べられている。

麦屋のほうに向かって、「五椀ください」と指で合図しておく。そちらの商人が、了解というようににっこりする。

「卵、卵がございます。……八重先生、卵いらん？」

通りをやってきたのは、巨軀の卵売り。ちょうどいいところに来た。

「六つください」

卵売りはまた独特で、店を持たない。布無しの大傘を担いでおり、親骨の露先に卵入りの籠をずらっとさげている。

（黒葦様が一緒だと、おまけしてくれることが多いんだよね……！）

やったぜと思いながら、八重は重くなってきた籠を黒葦の背に載せて長屋通りを一巡りした。

肉と野菜も手に入れ、ほしいものは大体揃ったので、ウイスキーハウスへの道を辿る。

「ムクロジの実も、なくなりそうだったんだ」

八重は途中で足をとめ、呟いた。乾燥させたムクロジの実は、石鹸代わりになる。いまの時季は実が採れないので、商人から購うしかない。それとも小豆で代用しようか……。

「洗濯機の偉大さを思い知る……」

　こちらの世界は、四季に合わせて人が生活しなければならない。毎日、誰もに、なにかしらの仕事がある。畑を耕す、井戸を掘る、家畜を飼う、木々を切り倒す、機を織る……。

「生きているんだなあ、私」

どこか不思議な気持ちで独白する八重の膝に、黒葦が軽く頭を押し付けてきた。

早く帰ろうの合図だろうか。もしもそうなら、嬉しい気がする。


月夜。

「つーちゃ　っちゃ　あめつちゃ」

八重は歌いながら、暗い道を練り歩く。

右の手には、真っ赤な手提げ提灯。

左の手には、枇杷を詰めた網袋。

昨日、道すがら手に入れたもので、ひとつひとつを麻の紐で括っている。

「まーつろ　まつろ　まーつろや　ちまた」

八重が着用しているのは立襟仕立ての丈長の白衣に黒帯、足元は履き口の広い筒状の白足袋。

靴は履かない。

履いてはならない。

「まーつりゃ　まつりゃ　まつりや　こんこん」

髪は結わずにそのまま肩に垂らしている。

初夏というのに、歌を紡ぐ八重の口からは、凍えた日のように白い息が漏れる。

「こんこん　ここ　ごご　ごご　ここん」

歩いている場所は、花耆部の最大の特徴とされる渦巻きのような無数の段々畑の中だ。

八重の他に、外に出ている民はいない。虫の音もなければ風も通らない。

不穏な雰囲気に圧倒され、暗がりになにかが潜んでいる、と思わずにはいられなかった。見知らぬ土地に迷い込んでしまったようなよそよそしさもまた、感じられる。

いや、ほんのわずかに時空がズレているかのような――。早くこの得体の知れぬ場所から脱出しなければという焦りが胸に押し寄せてくる。

八重はその焦燥感や淡い恐怖から目を逸らし、一歩一歩進む。

見張りか、護衛か、気がつけば、虎の黒葦が横を歩いていた。

「まーつろ　まつろ　まつろえ　まにま」

段々畑の中をゆく八重の前方には、錆びた太刀を手にさげた堕つ神の『びひん様』がいる。

上半身は裸で、下半身には短めの裳のようなものを穿いている。靴は、ない。全身は黒い瘴気に覆われており、それが薄まったときのみ、容姿をはっきりと確認できる。頭頂部、胸、腹、腰、両手足の計八箇所に、人面瘡のごとく険しい顔が浮かんでいる。それ以外にも小さな獣面が全身にいくつも浮き出ている。背中には、翼のように左右に無数の腕が生えている。

——奇祭〈廻坂廻り〉とは、堕つ神を追い立てる祭事である。始まりは百年ほど前だという。

日本で行われていた追儺のような儀式なのではないかと八重は考えている。

年に一度、穢れをまき散らしながら花耆部の地に現れるこの堕つ神びひん様を、歌で追う。

堕つ神とは、人に害をもたらし、山河を枯らす悪神をさす。

花耆部は、というよりこの世界には、どこの地も、これと決まった国教が存在しない。

宗教的概念がそもそもないのかといえば、そのあたりの事情は少し複雑で、たとえば自然や呪物への信仰なら当たり前のように民の心にある。かつての八重には夢物語かマジックとしか思えない超常現象が、ここには日常的に溢れている。神通力もそのひとつだ。

生活レベルはガスや電気が使われる前の日本……明治どころか江戸時代くらいまで遡りそうなのに、このファンタジックな神通力が様々な場面で活用され、文明を発達させている。

そして、怪奇現象すら、よくある話として受け入れられている。

このびひん様だって皆にひどく恐れられているけれども、存在自体は認められているのだ。

霊感の有無は関係がない。山があれば谷があり、人がいるなら霊もいる。そんなおおらかな考えがここにはある。

びひん様の通ったあとには黒油のような穢れが落ちているので、紐で括った枇杷をそのそば

に生えている木の枝にかけて清めていく。こちらの世界の枇杷は、前の世のものより大きい。

〈廻坂廻り〉には、いくつかの決まり事がある。

びひん様が振り向いたときには、歌ってはいけない。

動いてもいけない。

息もしてはいけない。

びひん様に触れてはいけない。

声をかけてはいけない。

追う間、長く目を離してはいけない。

びひん様が花耆部の盆地を一巡りし終えるまで、提灯の明かりを消してはいけない。

これらの決まり事を破った場合、使者がどうなるのかはわからない。

なぜなら、禁を犯した使者はその夜のうちに行方不明になる。そして二度と戻ってこない。

もともとこの堕つ神に名はなかった。オッさま——堕つ様、と呼ばれていた程度だ。

だが昔々、花耆部に活現した、とある洞児が、オッさまの名は『びひん——美嬪』であると言い当てたのだとか。

びひん様が生じる場所は、なんの因果か、幼い頃に八重が貪った腐りかけの石榴もどきの実がなる一帯の近くだ。あのときに八重がもう少しがんばって進んでいれば、花耆部を見つけられただろう。

八重が石榴もどきを食べて気絶したあの場所には、朱色の柱が地面に突き刺さっている。いまはもう風化を受けて読めないが、柱の表面に『美嬪』と刻まれていたのだという。とするならこの文字こそが、そこに生じる堕つ神の本質を示す名であろうと民は考えた。しかし花耆部の民が日常生活で使うのは特殊文字――縄文文字のようなもの――なので、漢字を読める者がいなかった。比較的前世の記憶を長く維持していた洞児の出現により、ずっと謎のままだったその文字をようやく解読するに至ったらしい。

字面や文字の意味からして、堕つ神の正体は美しい女だったに違いない。だがなんらかの理由で穢れ、堕ちてしまったのだろう。文字を読解した洞児はそう推測したと聞く。

――八重は、そこからさらに、もしかしたらという仮説を立てている。

あそこの場所に突き刺さっていた柱はおそらく鳥居の残骸で、びひん様の正体はかつてその神社に祭られていた女神ではないだろうか。

次元の異なるこちらに鳥居や社ごと流されてきたか、あるいは気の遠くなるほどの年月がすぎて管理する者も絶え、そのまま打ち捨てられてしまったか。そして社が崩壊した結果、奉じられていた祭神が堕ちたのではないか。

八重が〈廻坂廻り〉の使者に選ばれた理由は、その柱のそばで行き倒れていたからに他ならない。花耆部の長の子である操が山中を駆け回って遊んでいた際、地に伏す八重を発見した。救助ののち、こちらの暮らしに慣れるまでは彼らの一族が八重の保護者となってくれた。洞児

は大抵、部の長が後見人となる。だから八重は恩ある操たちに逆らえない。操たち
断れぬ役目ではあったものの、決して彼らからつらく当たられているわけではない。

は八重を民の一人として受け入れている。

だが八重は、少しだけ操が苦手だ。

操が、八重を苦手と感じていることを上手に隠してくれないからだ。

その戸惑いが八重にも伝わり、いっそうの気まずさを生む。

しかしそれは操だけに限った話ではない。花耆部の民は、他の洞児とどこか違う八重に淡い恐れを抱いている。月日の流れとともに失われるはずの前の世の記憶を八重がいつまでも持ち続けて、年齢に見合わぬ振る舞いをするのがおおよその原因だとはわかっているが、成人女性の意識があるのに無邪気な幼児の演技をするのはさすがに恥ずかしい。


それにしても、と八重は思う。

八重が〈廻坂廻り〉の使者となって十年近くになるが、気のせいでなければ、びひん様は年々衰えてきていないだろうか？

「地や　地や　天地や」

八重は歌いながら——呪を唱えながら、横を歩く黒葦の存在を意識する。びひん様を追い払

うまでは目を離してはならぬため、その、ざ、ざ、という足音に集中する。

「祭ろ　祭ろ　祭ろや　岐」

びひん様の変化も謎だが、黒葦の存在も奇怪の一言に尽きる。

はじめて〈廻坂廻り〉の使者となったときのことを八重は思い出す。その頃のびひん様はいま以上に化け物めいていた。獣のように四足歩行で、太刀を口に咥えていた。身を包む瘴気はむわりと濃く、離れた場所にいても息苦しさを感じるほどだった。瘴気が炎のように揺らめいて薄まったとき、身体に浮き出る人面瘡が見て取れた。そのすべてが鬼の顔をしていた。翼のごとく背中に生えている無数の腕はうぞうぞと蠢いており、おぞましさしか感じなかった。

いくら精神は成人済みといっても、多少は肉体年齢に引っぱられることもある。

当時の八重はびひん様の想像する以上の化け物っぷりに恐れおののき、提灯から手を離してその場にへたり込んだ。すると先を歩いていたびひん様が振り向き、濃厚な怒気をまとって八重のほうへ近づいてきた。殺されると青ざめた直後、黒葦がどこからともなくやってきて、「早く立て」とせっつくように八重の腕を容赦なく噛んだ。

自分の腕から滴る血を見て八重は我に返り、立ち上がった。

――いまでもあのときの傷跡がうっすらと腕に残っている。これは戒めの跡だ。恐怖に負ければ死んでしまう。そういう恐ろしい側面を隠し持つ世界であることを忘れるなという戒め。

「祭りゃ　祭りゃ　祭りゃ　今々」

衰弱した雰囲気のびひん様とは逆に、黒葦のほうは姿がはっきりしてきたように思う。

黒葦も最初は濃霧のような瘴気をまとっていた。目も濁った蜂蜜のような暗い色合いで、憎悪に満ちていた。なぜ八重を助けてくれたのかは知らないが、少なくとも好意による行為ではないだろうことは察せられる。八重が歌をとちるたび、黒葦は脅すように牙を剝いて唸った。

「今々　此々　悟々　児々　古今」

いまだって別段、仲良しこよしの関係ではない。ただ、はじめの頃のように脅されたり嚙み付かれたりされることはなくなった。瞳の濁りも消えたし、瘴気も拭い取られている。毛並みだって、八重が時々梳かしてやるからもっふりふわふわだ。

……仲良しこよしではないが、八重はこの素っ気ない黒葦にきっと心を救われている。

前の世の記憶に助けられる場面は多かったが、その一方で疎外感も強かった。年齢に見合わない知性は周囲の者を混乱させる。

大人としての意識が邪魔をして、親代わりの長たちにもろくに甘えることができなかったように思う。八重は十歳をすぎたあたりで自活する道を選んだ。自分の異端ぶりを皆の目から少しでも隠したくてしかたがなかった。八重の魂はすでにこちらの世の存在だとしっかり認識している。前の人生の故郷は懐かしいが、だからといって帰りたいとは思わない。

いまは確かにここが八重の故郷だ。

（まだ完全にはこちらの世界を受け入れられていないのに、その部分は揺らがない）

長の庇護下から飛び出そうとする八重を引き止める者はいなかった。自分の意志で一人暮らしを望んだくせに、勝手に見放された気になり、胸が痛くなったことをよく覚えている。

マイペースに出現する黒葦は、八重が唯一気をつかわなくてすむ相手だ。だから、その正体はきっとろくなものではないとどこかで悟りつつも黒葦を拒めないでいる。

「祭ろ　祭ろ　祭ろヱ　随」

——そんなふうにぼんやりと追憶に浸っていたのが災いしたか。

ふと瞬きしたとき、びひん様が立ち止まっていることに八重は気づいた。慌てて口を閉ざし、動きをとめる。息も殺す。なんだか「だるまさんがころんだ」でもしているようだと思う。

（もう鳥居のところまで来ていたのか）

びひん様を例の朱色の柱のもとまで追いやれば、それで〈廻坂廻り〉は終了だ。

ここで少し待てば、すうっと溶けるようにびひん様の姿が消えるはずだった。

ところが今年は様子が違った。振り向いたびひん様が八重のほうへ近づいてくる。

八重はぎょっとし、目を泳がせた。

どうしてだ。今日は歌も間違わなかったし、提灯の火も消えていない。

びひん様はこちらへ接近すると、太刀を鞘から抜いた。その太刀は鞘ばかりか刀身までも黒曜石のように黒かった。

まさかと愕然する八重に向かって、びひん様は太刀を振り上げる。

悲鳴を上げる余裕もなかった。びひん様の行動が唐突すぎて身動きすらできない。

頭上に振り下ろされる刃を、八重は瞬きも忘れて見つめた。

(はあ⁉ ちょっと待って、なんっ——)

斬り捨てられる。恐怖とともにそう確信したが、びひん様の刃は八重ではなく、横にいた黒葦を叩き斬った。

(なんで⁉)

次の瞬間、黒葦の身から瘴気が迸り、広がって、荒波のように八重を襲った。視界が真っ黒に染まる。口や鼻や目から瘴気が入り込み、自分の肉体が闇に溶かされたような心地になる。

肉体どころか魂さえ溶かされる。八重はそう恐れた。

そうして、最後まで悲鳴ひとつ上げることができぬままに八重は意識を失った。


——で、目覚めれば、なぜか八重は自分の住処であるウイスキーハウスに戻っていた。

がばっと飛び起きたあと、しばらくの間夢うつつの状態で室内を見回す。赤茶色の壁のタイル、木製の棚に箪笥。閉められた折れ戸。居間としても使っているこの場所には三日月形のハンモックがあるけれど、八重はそこではなく床の織物の上に直接寝ていたようだ。

「……って、私はなんで見覚えのあるこの黒太刀を抱えて寝ているんだ」

八重は腕の中にあるものを見下ろして愕然とした。

夢だと思いたいが、びひん様が所持していた黒太刀がここにある。全体の長さは約一メートル。刀身部分はわずかに反りが見られるが、鞘から抜く勇気はない。獣と花の意匠と思しき鍔に柄頭、それと鞘の装飾部分は瑠璃の色をしている。

（なんだこの、持っているだけで呪われそうな威圧感たっぷりの剣。なんで錆も消えてるの）

びひん様の手から逃れられたので錆が落ちたとでもいうのか。

八重は、その太刀が視界に入らないよう、近くにあった座布団を引き寄せて、無理やりにくるりと包んだ。……ほとんどはみ出ているけれども、隠さないよりはましだ。

（一刻も早く長に報告すべきじゃない？　これ）

だがどう説明すればいいのだろう。昨夜の奇祭で追い回したびひん様がいきなり黒葦様を斬りました。その後私はびひん様の太刀を知らない間に持ち帰っていました、しかしいつ住処に戻ってきたのかさっぱり記憶にありません――。

（だめだ。正気の沙汰じゃない。信じてもらえそうにない）

八重は心から思った。ただでさえ不可解なうろこと思われている節があるのに、これが公表されたらますます皆に遠巻きにされる。

恐れと焦りを静めようと、八重が深く息を吐き出したとき、黒太刀がいきなりガタガタと揺れ始めた。

「なっ、なに⁉　怖い！」

仰け反る八重の前で、黒太刀が座布団の中から転がり出てくる。

そして、シン……と沈黙し、動かなくなった。

（なんなのこの剣。おかしい）

震えながらもう一度、座布団の中に隠すと、今度は先ほどよりも腹立たしげにガタガタと動き出す。座布団を蹴散らすようにして、ガタンッと八重の目の前に転がってきた。

座布団の中に隠されるのは不服であるという主張が痛いほどに伝わってくる。

「意思を持つ剣とか間違いなく呪いのアイテムじゃんか……、うぇっ！　ガタガタ鳴るのやめてくれる⁉　怖い怖い怖い！」

この黒太刀、主張が激しい！

「とりあえずどうすればいいの。いや、落ち着け、落ち着くんだ……。私は教えられた通りに奇祭に挑んだだけでなにも悪くない。いますぐ長のところに剣を持っていこう、それがいい――って、だからもうガタガタやめて！　うわっ、ちょっなに⁉『うるせえ俺を余所に預けたらおまえを一生呪うわ』っていう脅しの気配をめちゃくちゃ感じるんだけど⁉」

その通りだよ、と肯定するように黒太刀は静かになった。

しばらく戦々恐々と見下ろし、八重は勇気を出して口を開く。

「ごめんなさい、私、太刀とは同居できない体質だからここにおまえを置いておけないんだ……バイブレーションすごいな⁉　本当にやめて怖い！」

座ったまま後退する八重のほうに、黒太刀はガタガタと音を立てながら迫ってくる。そして目の前でぴたりと動きをとめた。

これほど強烈に自己主張をする剣なんて見たことがない。八重が普段料理に使っているナイフを見習ってほしい。ひとりでにガタガタと揺れたりしない。今度丁寧に研いであげよう。

「えー……と、その。あなたはびひん様の剣で間違いないですか」

八重は自分を抱きしめながら震え声で尋ねた。

が、剣は反応しない。黒太刀相手にあらたまった口調で語りかける自分の姿を客観的に見たら、ただのやばい人でしかなかった。

「そうだ、あの朱色の柱のもとに置いてこよう。……え、またガタガタ鳴るってことは、それもだめ⁉」

この黒太刀は、なにがあっても他の場所に移動されたくないようだ。

ペットと思って飼うしかないのかと八重は絶望した。どんなにがんばっても愛着を持てそうにない。

私にこれをどうしろと。

八重は、わけのわからない呪いの黒太刀を見つめながら胸中でそう訴えた。

ふ、諦め切れぬと諦めた奮闘話

　黒太刀との望まぬ同居生活は、時折やらかしてくれる反抗的なバイブレーションにさえ目を瞑れば案外うまくいっていた。基本は動かないし、物も食べず、語りもしない。そっと壁に立てかけておくだけでいい。ただ、八重が出掛けるときには必ず持ち歩かなくてはいけなかった。お散歩犬ならぬお散歩剣かと呟いたらすごくガタガタされた。

　奇祭は成功したと長に報告するときは本当に後ろめたくてたまらなかった。それに、いっこの黒太刀を取り戻しにびひん様が現れるのかと思うと、恐怖でしかない。しかし座る自分を中心にして黒太刀がガタガタと回り続けるという悪夢を見たあとでは、長に真実を告げられるわけがなかった。二日目は、黒太刀を咥える黒葦に真正面からじいっと見つめられるという悪夢を見た。そういえば黒葦はどうなったのか。わからないことばかりだ。怯えることにも疲れ果て、もうどうにでもなれという心境で黒太刀を抱えながら眠るようになり、四日目。

　事が動いた。

八重はその日、首長の加達留に呼び出しを受けて、段々畑が見事な山の斜面に設けられている集会所へ向かった。

「──私も、隣の美治部に嫁ぐのですか」

挨拶もそこそこに加達留から言い渡されたのは、花耆部から十名の女を隣の部に嫁入りさせるという話だった。

黒太刀に関する報告をしなかったことがバレてお咎めを受けるに違いない、と戦々恐々としていたので、予想外の内容に八重は困惑した。

長屋に似た木造の集会所にはいま、八重と加達留しかいない。

建物の外から、子どもたちの明るい笑い声が聞こえてくる。半分開かれている丸窓からは透き通った日差しが滑り込み、板敷きを白く輝かせていた。

「八重の他には私の娘が一人。あとは一族の中から二人。民の中から六人」

加達留が穏やかに言う。

見た目は四十代で、彼も息子の操同様に大柄だ。髪や目の色も操と同じだが、年の分だけ思慮がある。垂れ気味の目尻には優しさがうかがえる。

――そして彼には、極彩色の片翼がその背にある。

「どうしてそんな話に――」

八重は、どう尋ねていいのか迷い、自然と口が重くなった。

加達留が苦笑し、額にかかった赤茶の髪を指先で払う。

「長い間冷え切っていた美治部との交流が目的――というのが表面上の理由だが、我らもあちらも、双方、ここで手を結ぶことに益を見出した」

「加達留様の穏やかに見せて容赦なく切り込んでくるところ、好きですよ」

八重がじっとりとした目でそう返すと、ははと加達留が目尻に皺を作って快活に笑う。

「私もおまえの利口さが嫌いではない。本音では、おまえをあちらへ渡したくないのだが」

「私が選ばれた理由があるのですか？」

首を傾げて問うと、加達留は笑みを引っ込めて渋面を作った。

「美治部で『奇現』の数が増加している。おまえならいくらかとめられるだろう、八重先生」

こちらを見据える加達留と、八重は同じ表情を浮かべた。

奇現とは、言霊で縛られていないモノが、べつの奇異な存在へ化けてしまう現象のことを言う。

他のケースもあるが、この現象が最も多い。たとえばここに林檎が一玉あるとする。だが誰もその名称が林檎だと知らない。「赤いもの」「丸いもの」「香る玉」「美味しもの」というように、様々な呼び方をされる。存在が曖昧なものになる。

すると本質が狂ってしまう。異形と化す。無害な異形になるのならまだましだが、大抵は変容に変容を重ねすぎた結果、恐るべき化け物に成り果てる。

なぜこんな不気味な現象が発生するようになったのか、八重なりに持論がある。

(すでに名がある状態だったモノが、そう呼ぶ者がいなくなったためにおのれを見失ってしまった、ということじゃないだろうか)

いわば記憶喪失の状態だ。だから必死に、存在の確かな何物かになろうとあがく。そのあがきが、奇現という症状を招いたのではないかと思うのだ。

こちらの世界では奇現を病のひとつとして数えている。

奇現の厄介なところは物や草花、あるいは霊魂も容赦なく罹患するという点だ。不思議と集落で飼育される家畜が奇現に罹ることはあまりない。

見た目が十四、五歳の小娘にすぎぬ八重が、皆にからかいや畏怖をまじえて先生と呼ばれるのは、「奇現」の発症を抑えられるからである。幼い頃から奇現に罹りそうな草花を見つけては、『名付け』を行っていた。

なんのことはない、かつての人生で自然豊かな地に暮らしていたし、山菜採りにもよく出掛けていたので他人より多少動植物の名前に詳しかっただけだ。職業柄、図を作製するのも得意だった。

ただし一度名付ける程度では効果がない。適当であってもだめだ。本質を示す文字を当てねば無意味で、なおかつ何度も記し、札を張り付け、周知させねば発病をとめられない。

この作業を行うのは皆のためだけではなく、自分のためでもある。散策中、いきなり蛸の化け物みたいに変貌した蒲公英に襲われ、むしゃむしゃと食べられるのはごめんだ。

とはいえ、あくまでも暇を見つけての予防行為にすぎない。医師のように、すでに罹患したモノの本格的な治療に当たったことはない。名付けの対象も、無害な状態の草花に限る。民や霊魂相手の治療なんて、さすがに無理だ。

「……正直に言うなら、あちらにとって一番の目玉は私の娘の御白だよ」

重苦しい雰囲気を払拭して、加達留があっけらかんと告げる。

「御白様、美しいですものね」

八重は、今年で十八歳になる彼の娘の御白を思い出し、感嘆した。燃えるような赤い色の髪に、色っぽい厚めの唇、大きな瞳。花者部の男たちは彼女とすれ違うと、うっとりした顔で振り返る。増えるわかめに似た黒髪に棒のような体型の自分とはべつの生き物なんじゃないかと八重は常々思っている。いや、ものはいいようだ。豊かな長い黒髪にスレンダーな体型……無理があった。

「あれは世間知らずな娘だが、役には立つ」

加達留は実の娘に対しても冷静な見方をする。八重の目には、それが辛辣に映る。

長の彼には妻が四人、そして子どもは実子の他に洞児を含めて十六人もいる。こちらの世では夫、あるいは妻が他の伴侶を得てもかまわない。もちろん双方の許可がいるけれども。

はっきり言ってしまえば、産めよ増やせよ精神で結婚が決まる。それだけ生き抜くのが厳しい世界という意味でもある。

「お話はわかりましたが……、いいんですか、私でも」

八重はためらいながら尋ねた。

隣の部への嫁入りが嫌なわけではない。ここはかつての世とは違う。好きな相手と結婚できるほうが稀なのだ。

「無性であることを気にしているのか？」

加達留の不躾な問いかけに、八重は曖昧に笑ってうなずく。

こちらの世には「奇現」や「奇物の巨大化」の他に、もうひとつ不可思議な特徴があった。

「おまえは本当に、成長しても『四環』が出なかったなあ。この花者部に生じた洞見なら、和魂性を持つかと思ったが……。それに『綺獣』でもない」

そうつぶやく加達留を、八重はそっと盗み見る。

彼の背に生えている極彩色の片翼。それが『綺獣』の証しである。

（この世界は、かつての日本と似ているようでやっぱり大きく違う）

八重は視線を落とす。

民のほとんどが、加達留のようになんらかの鳥獣の要素を持つ『綺獣』という種族として生誕する。獣に変化できたり、あるいは特殊能力を持っていたりする。

八重のように完全な『人間』の姿を持つ民は逆に少ない。

しかし人間か綺獣かは、さほど大きな問題ではない。

重要なのは、こちらの世界最大の特徴である『四環』だ。

これは血液型の区分けを連想するとわかりやすい。

性格パターンをおおまかに形成する軸のようなものだが、血液型以上に、魂の在り方に直結している。それが本能に結びつくため、感情面にも強力な影響を及ぼす。

四環には、荒魂、和魂、幸魂、奇魂という種類がある。

荒魂の性は比較的男に多く、雄としての本能が強烈で荒々しい。綺獣の特徴もよく現れる。

和魂の性は比較的女に多く、穏和で優しげだ。争いを嫌う傾向にある。

幸魂性の者は神力をよく持ち、希少な型とされる。神通力もだが、特殊能力持ちも多い。

奇魂性の者は、不思議なことに雌雄同体である場合が多く、これも希少だ。そして四環の生み分けをいくらか可能とするが、奇魂性自身の出産率は極めて低い。また短命の傾向にある。

といっても、普通の人間程度には生きられる。

またこの四環は相剋の面も合わせ持つ。

最も強靭で、二百年も生きるほどに長寿なのは荒魂性だけれども、和魂に弱い。というより惹かれやすい。反して和魂は、荒魂性を嫌悪する。

奇魂は性質上、狙われやすいため、他の環性を敬遠する。が、虫を誘う蜜のように魂が香る。

また、幸魂と奇魂の相性はよくない。同族嫌悪に近いらしい。

これら四環の性は、生活面にも密接に関わってくる。

およそどこの集落も、同じ環性の者が集まって暮らしている。他の環性ももちろん部の中に存在するが、やはり格段に少ない。

花耆部には和魂性の民が集まっている。男よりも女の比率が多いことから、生計は農作頼りとなる。逆に美冶部は、荒魂性の民が中心となって形成されている。男が大半なので、その暮らしは狩猟が主となる。

八重はというと――どの環性もないのだ。

それを無性と呼ぶ。

「……無性の者を、荒魂性の男たちが喜んで迎えてくれるとは思えないのですが」

こちらを見定めるような加達留の眼差しに耐え切れなくなり、八重は消極的な発言をした。

「そうだろうな」

と、加達留はあっさりうなずく。

「拒否こそしないが喜びもしないだろう。荒魂の男はとくに和魂の女を求める」

「それがわかっているのに私を嫁入りメンバー……輿入れの女の中に加えるのですか」

鬼畜か、という八重の心の声を正確に読み取ったらしく、加達留が苦笑する。

「向こうの民はな、和合の律が大きく崩れたから奇現が増加したのだと訴えてきた。同性婚を繰り返すせいだ、ゆえに異性の血がほしいと」

ここで言う同性婚とは、男同士、女同士の意味ではない。この世界では魂の性質、つまり四環の種類をさす。異性の意味もまた同様だ。

「それでこちらに和魂の女を求めてきた」

腕を組み、片翼を震わせる加達留に、八重は迷いながらも尋ねる。

「和合の律と奇現の発症率は、無関係ではないでしょうか」

「その通りだ。そこに因果が隠されているとは思えない。だが、はじめはあてこすりにすぎずとも、提唱し続ければ意味を持つ。嘘が迷信となって伝承に変わり、やがて真実に化ける。『名付け』行為の力を知る八重ならその危うさがわかるな？」

「……はい」

「それ以上に、和魂の女ほしさに花耆部を襲ってもらっては困る」

加達留が表情を動かさずに淡々と言う。

それが本音だろうなと八重は推測する。

「実際、花耆部も美冶部も同性の者が増えすぎた。こちらとしても、奇現の化け物を倒すための男手がもう少しほしい」

「というと……美冶部からも同じ数、荒魂性の男にこちらへ婿入りしてもらうのですか？」

「そういうことになる」

肯定してから、加達留はまた価値を測るような目を八重に向けてくる。

「民を交換するのはいいが、奇現の発症が減らぬからと言って、向こうへ送った女が虐げられてもやはり、困る。それを契機として花耆部に侵略される事態を招くわけにもいかない」

……それが一番の本音だな、と八重は納得した。

「あぁなるほど……それで、私を」

加達留が微笑む。

「あちらで適当に数年すごしたら、離縁してこちらに戻ってきていいぞ」

「加達留様、もう少し言葉を優しさの布で包みましょう」

「うん？　いや、本当におまえを失うのは痛手だ。奇祭の大半をおまえに任せていたから、新たな者を立てて指導せねばならないだろ」

違う、そういうことじゃない。

八重は黄昏れた。この策略家の首長は、はなから八重の結婚が成功するとは思っていない。むしろしてほしくない、……とまで考えるのは八重の願望がまざりすぎているか。

しかし、向こうの地で奇現の発症を封じたあとはこちらへ戻ってきていい、ということは、いくらか八重の価値を惜しんでいる証拠ではないか。

「八重は話が早くて助かる」

この輿入れ話を断るわけがないよな、と言外に脅す加達留を、八重は複雑な顔で見遣る。

「ええ、わかりました。でも、もしも最初から手厳しく『無性はいらない、帰れ』と相手に拒絶されたらすぐに戻ってきます」

そのときは責任を問わないでほしい。

「おや。少しはがんばってほしいところだが」

笑う加達留に、話の終わりを悟って、八重は立ち上がりながら言う。

「がんばる必要はないでしょう。奇現の増加をとめられずとも、私を追い返したという事実がこちらを守る盾となる。無理を押してあちらで何年も暮らさなくたっていい」

「確かに」

とっくにそこまで考えていたくせに、と八重は内心拗ねながら、本音を少しだけまぜた言葉を別れの挨拶にする。意趣返しというほどのものでもない。冷徹だけれども優しい面もある長なので少しは胸を痛めてくれるかもしれない。そう思ってのことである。

「……嘘は嫌いですが、それでも一言、私の幸せを願って結婚させるのだと言ってほしかったな、お父様」

八重が去ったあと、加達留は溜め息とともに呟く。

「ここではじめてのお父様はずるいぞ、おまえ……」

長同士でとうに話はまとまっていようとも、それじゃあすぐに女を差し出すという展開にはならない。本能の部分で和魂の者は、粗暴な荒魂性を敬遠する。

真っ先に拒絶の意を見せたのは御白だった。最終的には一族の者に説得される形になったものの、心を落ち着かせる時間が必要だと彼女は訴えた。奇現増加の問題に悩まされている美治部からはぜひ来月にでも、と急かされていたようだが、御白の強固な訴えにより、輿入れは七の月にまで延期される運びになった。御白一人の主張だったなら我が儘を言うなと退けられただろうが、八重以外の女たちからも強く訴えられたという。これを無視すれば民の反発を買う。

輿入れメンバーの中に八重も含まれていると知って、御白や他の女たちからは驚かれたし慰められもした。

「八重、なぜ断らなかったの。父様を殴り倒してでも抵抗しないといけないでしょ」

……御白は穏和なはずの和魂性なのに、意外と好戦的だ。

「まったく父様ったら八重をなんだと思っているの。あの人、頭のよさと引き換えに、人としての優しさを失ったのね」

言いたい放題の御白に、八重は噴き出す。

加達留は御白を世間知らずと評した。実際花耆部の暮らししか知らぬのだからその指摘は正しいが、彼女は決して考えなしの娘ではない。八重が嫁の一人に選ばれた理由を察して悲しんでくれている。八重が出戻りを視野に入れていることまでは気づいていないだろうが、御白を筆頭に、女たちの優しさは掛け値なしに嬉しいものだった。

ただし奇祭の新たな使者として選出された民たちには大いに恨まれた。奇祭は恐ろしいものだ。死ぬ可能性もある。八重が任を降りたことで、他の民にしわ寄せがくる。

（誰にも嫌われずに生きていけるわけがない……）

八重は自分にそう言い聞かせる。自分自身に咎はなくとも、やはり恨まれるのはつらい。

輿入れ道具は先に向こうの部へ運び出す。あちらからも婿入りの道具が運ばれてくる。だから八重たちはほとんど身ひとつで向こうへ嫁ぐ。家族の同行は不可だ。夫となる予定の男たちが馬に乗って迎えに現れ、妻を連れていく。

あちらに到着するまでは、女たちは頭部から腰までをすっぽりと覆うタイプの華やかな面紗を着用して姿を隠す。事前に顔を見て「好みじゃない」と追い返されないようにするためだ。集落に入ってから嫁候補にそんな不満を漏らした場合は、男側が狭量なやつだと笑われる。

しかし無性の八重の場合は、その例に当てはまらない可能性が高い。

——旅立ちの日、八重を赤馬に乗せてくれたのは、腕も腰も太い男だった。

美治部から来る夫候補の民たちもやはり目元のみ覗く丈の長い黒地の面紗で顔を覆っている

が、その体格のよさまでは隠せない。着用の衣は上下ともに白で、袍の袖と裾には大胆な幾何学模様が施されている。

無性の八重でも荒魂の男の気迫というのか、霊気のすごさを感じ取れる。近寄っただけで精神をもみくちゃにされそうな荒々しい霊気だ。たとえるなら、熱気にあてられるような感じである。実際に温度を感じるわけではないが、臆さずにはいられない。八重以上に霊気を感知できる女たちはいまにも卒倒しそうなほど怯えており、大丈夫だろうかと心配になってくる。

屈強な夫候補たちは皆、戦士でもあり狩人でもあることを証明するように肩や腰に武具をさげている。弓袋に刀、槍、湾刀などだ。

騎乗するのは女だけで、男はその馬を引く。今回は一度に十人も嫁ぐので、ちょっとした行列になる。

「美冶部の地は耶木山の裏側、目毘路山の谷間にある」

先頭を行く男が、震える女たちを落ち着かせようとしてか、穏やかな声で話し始める。

穏やかと言っても、優美な姿を持つ花耆部の男たちとは声の太さからして違う。花耆部にも荒魂性の男は存在するが、和魂性の地に馴染むくらいなので、こうまで荒々しい霊気を持つ者はいない。

生粋の荒魂性の者ってすごいと八重も密かに気後れする。

「……我らが恐ろしかろうが、女をむやみに傷つけるような真似はしないので安心してくれ」

優しく宥められても、馬上の女たちの震えはとまらない。

八重もまた、違う意味で震えそうだ。

(むやみに傷つけないってことは、理由があれば話はべつってことじゃないか)

先ほどから、八重を乗せた馬を引く男が不思議そうにこちらをちらちらと見ている。

無性の八重でも感覚の部分で環性を見分けられる。当然、環性を持つ彼らもまた、こちらの性がわかる。

なのになぜ八重からなにも感じ取れないのかと、男は戸惑っているのだ。無性は集落に一人いるかいないかというほどに珍しいので、すぐにはそれと気づけないのだろう。

八重は背筋が寒くなってきた。集落へ到着する前に、環性を問われるかもしれない。

がっかりされるだけならまだましだ。荒魂の男は和魂の者を好むとわかっているだろうになぜ無性を寄越すのかと、ここで逆上されたらどうしようか。

(護身用にあの黒太刀を持ってくればよかったかなあ)

八重は少し後悔した。本来の所持者が所持者なだけに花耆部の地から持ち出すことがためらわれたあのバイブレーション機能搭載の黒太刀は、厳重に布で包んでウイスキーハウスに置いてきている。八重が不在の間もあそこを使う者はいないし、加達留にも「人を入れないでほしい」と頼んでいる。数年、早ければ数日でこちらへ出戻ってくるのを見越してのことだ。

だが考えが甘かった。八重だって人のことは言えぬほど世間知らずだ。

花耆部で暮らす荒魂性の民を当たり前のように基準としていたが、生粋の者たちはこんなにも荒々しい雰囲気を持っていたのか。

嫁入りの話を聞いてから、どうせ自分は奇現の防止要員として一定期間滞在するだけの存在だと、八重はどこかで一線を引いていたのだ。妻としてはまず受け入れてもらえないだろうと。

だから感覚的には長期出張に近い。実際それは正しい認識だと思うが、拒絶のみですむのか否かという危うさをもう少し真剣に考えるべきだった。

八重を含む一行は耶木山の麓を迂回し、目毘路山を目指す。

中腹を回ったほうが到着までの時間を短縮できるが、耶木山の裏には崖が多く、少しばかり道が険しい。危険な野生動物も出没する。男たちは、そちら側へはほとんど足を向けない花耆部の女たちを気遣って、多少遠回りであっても安全な山麓のルートを選んだのだろう。

しかし踏みならされた道をゆくのはわずか半刻ほどのことで、その後は山中に分け入り、よく生長した野草を掻き分けながら進むはめになった。花の蜜を求める蝶が二匹、八重の横を飛んでいく。恋人同士のように仲睦まじく飛び回っている。

「美治部は谷間と言っても、少々わかりにくい場所にある。麓からだと崖に遮られるので女の足では厳しいだろう」

ルートの変更について美治部の男が丁寧に説明する。

八重は、周囲に密生する巨木を見上げる。

こちらの世界にあるものは、なにもかもが大きい。馬や豚、兎などの家畜もすべて一回り大きいのだ。とくに人が立ち入れぬ禁域や山頂に近づけば近づくほど、動植物の巨大化の傾向が見て取れる。

(もとの世界から流れてくる奇物なんて、本当に見上げるほどの大きさに化けるしなあ)

──などと現実逃避でもしなければ、八重の馬を引く男の執拗な視線に耐えられない。

いよいよおかしいと疑い始めているようだ。

どうしたらいいだろうか。いっそ自分から、「無性ですが奇現の発症を予防できる知識がありますよ」とアピールしてみようか。

相手におもねるような考えを持ったことに一瞬虚しさを覚えたが、八重はすぐさまその無益な感傷を振り払う。生きるために腐った果実を貪った日のことを思い出せば、大抵の苦痛は我慢できる。建前や常識や理性などを全部取っ払った先にある、生への強烈な欲望。餓えるように「生きたい」と思ったあの時間。目を瞑れば、果実の苦さが口の中に蘇る。

八重はもう、そういう極限の状態を知っているのだ。

(あれほど心細くつらいときはなかった。あの日に比べたら、いまなんて断然幸せじゃないか。なんだって耐えられる)

そう自分を宥めて、八重は男に問われる前に自分から説明しようとした。そのときだ。

「待て!」

先頭の男が低い声で片手を上げ、後列の者たちをとめた。

「向こうになにかいる」

そう言って先頭の男は背負っていた槍を手に取った。彼が引いていた馬に騎乗する御白が、不安そうに背後の女たちを振り返る。

「猪か、熊か？」

列の半ばにいた男が小声で尋ねる。

「いや、違う……」

先頭の男は前方を見据えて否定したのち、

「朧者だ」

舌打ちまじりにそう断言した。

女たちも、八重も息を呑んだ。

朧者とは、奇現に魂まで冒された化け物のことを言う。魂の形が完全に変形したら、もうもとには戻れない。

「こんな祝いの日にも現れるとは……道に灰を撒いていたのに効果がなかったか。来るぞ」

美冶部の男たちが一斉に得物を手にして身構えた。

面紗を外し、獅子や狼に変じる者もいる。荒魂性の綺獣の者は、その四環の特徴から猛獣の形を持つ場合が多い。

戦士の目になった彼らを見れば、その朧者が襲撃するつもりでこちらへ接近していることは明白だ。八重は緊張しながらも、帯の中に挟んでいた小袋の位置を指でまさぐった。朧者やあやかし、堕つ神のほとんどは桃の木の灰を嫌う。普段から万が一のときのためにと、小袋の中に少し詰めている。

（……って、ない!?）

八重は仰天してから、頭を抱えたくなった。礼装のせいだ！

婚礼衣装は美治部到着後に着用する予定だった。いまは多少動きやすい礼装に替えている。が、これだって普段とは違い、上等な絹の布を使った衣だ。面紗は赤や緑や黄色と華やかだが、袍やズボンは男たち同様に、白地に幾何学模様を施したものである。

この装束に着替えたときに、小袋を忘れてしまったらしい。

（こういうときに限って、必要なものがない！）

自分の要領の悪さに腹が立つ。

八重たちの耳に、奇妙な音が届く。なにかが樹幹にドォッと衝突しながらも猛烈な勢いで地を蹴り、こちらへ迫ってきている。

枝葉の隙間から漏れる昼時の明るい日差しが、そのなにかの正体を露わにした。

前方からやってきたのは、蜘蛛のように複数の足を持つ六面の化け物だ。

体躯の大きさは男たちの倍ほどか。牛に馬に蛙に猪に猿に鳥と、数珠のようにぐるりと六つ、頭がある。どの顔も両目部分がまるで土偶のように丸く、腫れぼったい。瞼は仏眼。しかし口は大きく両端が上がっていたり、逆にぐいっと下がっていたりする。

大抵の朧者は、全身が派手派手しい色をしている。マーブルのような色合いもあれば、絞り染めのような色もある。万華鏡のように複雑な色合いの体軀のものもいる。

多色かつ鮮やかな朧者のほうが危険とされており、人や家畜を食おうとする。捕食した者に成り代わろうとするようにだ。

まずは獣に変じた男たちが朧者に飛びかかった。蜘蛛のように複数ある足を食いちぎろうとする。その肉片が八重のほうに飛んできて、びしゃっと音を立てて地面に落下した。

「後尾の者は女を連れて先に行け！」

先頭の男が声を張り上げる。

獣形の者が三人、そして先頭の者がこの場に残って朧者を仕留める気だ。

彼らは連係がよく取れていた。残りの者たちは機敏に動き、怯える女を乗せた馬の後ろに跨がった。八重の後ろにも、手綱を引いてくれていた男が飛び乗った。それから鋭く口笛を鳴らし、女のみが乗る馬を誘導しながらその場を離れる。

しかし、いくらも進まぬうちに、女の悲鳴が上がった。落馬したようだ。

花者部の女も馬を操れるが、戦士である美治部の男たちの馬術に匹敵するようなものではない。岩石だろうが倒木だろうがなんでも飛び越えて、かつ速度を少しも落とさずに馬を駆けさせられたら、その激しい動きについていけるわけがなかった。

落馬した女を助けようとして、またべつの女が乱暴に手綱を引っぱり、自らも体勢を崩す。

運の悪いことに、新たな朧者が木陰から出現した。ナナフシのような体型の二足歩行の朧者だった。これも背丈は男たち以上あり、双頭。烏と犬の顔を持ち、片方は白髪、もう一方は黒髪だった。動きは鈍いが、鞭のようにしなる長い腕が厄介だ。八重たちが騎乗する馬が攻撃されてしまった。

「危なっ……！」

馬の横腹が勢いよく引っぱたかれる。その衝撃で倒れた馬が悲痛に嘶く。

八重も男も受け身を取れず地面に転がった。

男はすぐさま身を起こし、地面にしたたか打った背中を押さえて痛みに悶える八重へ手を差し出した。その手を掴もうとして顔を上げた拍子に男と目が合い、八重ははっとした。

男のほうも、驚いたように八重を見つめていた。

四環は、霊気でも悟ることができるが、もっとわかりやすい特徴が瞳に表れる。

光の下で見ると、目の中に環紋がうっすらと浮かぶ。

紋の形状や色は人によって異なる。花びらの形をしていたり、輪違いだったり菱形だったりする。複雑なものからシンプルなものまである。家紋のようなもので、血族関係の民は似通った紋になる。

だが無性にはこれがない。八重はごく普通の黒目だ。

(無性とバレた)

八重は悟った。無性は悪ではないが、その事実を故意に伏せていたのはやはり不誠実だ。この世界において四環の種類、有無は重要な位置を占めている。結婚するとなればなおさらだ。

八重を凝視していた男がはっきりと眉をひそめるのがわかった。差し伸べた手をおろすことはなかったが、緑色の瞳に失望と疑念が浮かんでいるように八重には思えた。

それが被害妄想にすぎないのかどうか、冷静に判断できない。

彼の瞳には、三つ輪違いのような環紋があった。

「なにをしている!」

べつの男が怒鳴りながらこちらへ近づいてきて、八重の腕を取り、乱暴に引っぱり起こした。

そこでその男も八重の瞳を見て、驚いたように怒気を消す。もっとよく見ようと、八重の顔を覗き込んでくる。

「無性?」

その男はぽつりと告げた。

八重は息を呑み、ためらいながらもうなずこうとした。

そのとき、きゃあっという女の悲鳴が響いた。

そちらに目をやれば、男たちに腕を数本叩き斬られたナナフシもどきの朧者が怒り狂った様子で暴れていた。大気をびりびりさせるほどの声量で吼えている。振り回していた腕が樹幹を抉った。その破片が礫のように飛んでくる。女たちはそれに悲鳴を上げていた。

八重の腕を摑んでいた男が乱暴に手を放して彼女たちのほうへ駆け寄った。

緑の目の男も、興奮して駆け去りそうだった馬の手綱をすばやく握り、背に飛び乗る。そして短い掛け声とともに馬の横腹を蹴って走らせ、背にかけていた湾刀を器用に片手で引き抜いて、朧者の腕を一本斬り飛ばした。

「おい、まだ奥から来るぞ！」

「守る女が多いのは不利だ、ここは退いたほうがいい」

男たちは早口で状況を伝え合い、迷うことなく撤退の動きを見せた。比較的馬を操るのが得意な女は一人で騎乗させて先へ行かせる。落馬したり気を飛ばしたりした女は自分たちと共乗りさせていた。

半数以上の男たちが馬を走らせて去ったあとで、思い出したように緑の目の男がこちらを向いた。八重はまだ、地面に力なく座り込んでいた。恐怖で固まっていたのではなく、落馬時に打った背中の痛みが原因で立ち上がれずにいたのだ。

「無性だ！　捨て置け！」

こちらに向かってそう叫んだのは、先ほど八重の腕を摑んだ男だ。

彼は、八重を無視して緑の目の男を見ていた。彼もすでに御白と共乗りしていて、この場を離れるところだった。

「新手が来る、急げ！」

御白が目を見開き、八重、と呟いた。しかしその声は、駆け出した馬の蹄の音に掻き消された。緑の目の男も彼らに続いて馬を走らせる。ちぎれた草や土埃を高く舞い上げてあっという間に離れていく馬の尾を、八重は茫然と見送った。

ただこの場に置き去りにされたというだけではない。始末し切れていないナナフシもどきと、新たに迫る朧者が、彼らを追わぬよう囮にされたのだ。

八重は、ぐっと奥歯を嚙みしめて、腹の底からこみ上げてくる強い感情が溢れないよう堪えた。こういうときこそ落ち着かなければならない。

しかし冷静になったところで、ろくに武器も持たぬ八重にいったいなにができるだろう。なにかを決断する暇もなく、男たちの言う新手がやってきた。それもまたナナフシのような体軀の持ち主だったが、手負いの朧者よりも一回り大きかった。

呼吸を忘れる八重の前で、朧者たちは驚くべきことに共食いを始めた。

逃げる余裕はない。新手の朧者は、手負いの者を瞬く間に食べてしまった。

鮮血のような肌色をしていて、頭部はひとつ。ぐにゃりとよじれた埴輪を連想させる不気味な顔をしている。頭髪はなく、その代わりに後頭部は苔生している。地面に垂れ下がるほどに四本の手はずるりと長い。腰にはちぎれかけの裳がある。――衣を身にまとっていたということは、もとはどこかの民だ。その事実に八重は激しいショックを受けた。

奇現は「綺獣」も罹る病である。綺獣の要素を持たない「人間」には罹りにくい。

ここまで病状が進行すると、もうどんな呪いを施しても回復の見込みはない。魂が変形し切っている。

朧者はぼうとした様子で八重を見下ろす。こぉーこぉーと薄い呼吸音が聞こえた。山の風穴から響く虚ろな音に似ていた。

しばらく見つめ合ったが、ふいに朧者が腕を伸ばし、八重の腰を鷲摑みにした。筋張った大きな手は、ぬいぐるみでも持ち上げるかのように軽々と八重の身体を地面から浮かせる。

腹部を圧迫するその手の強さに八重は息が詰まった。目の奥が、煮立つようにぐらっと揺れる。

「いっ……！　放せ、苦しい！」

八重はたまらず呻き声を上げ、朧者の手の甲を引っ掻いた。

すると爪の隙間に、腐った皮膚がみっちりと挟まった。腐葉土のような臭いがふわっと漂ってきた。

朧者の肉体はもう腐食し始めている。

抗う気力をなくした八重を抱え直して、朧者は山中へ深く入っていく。

朧者は木がまばらに生えた、傾斜した地を黙々と進み、さらに向こうに見える崖の岩窟を目指した。黄土色の、粗削りの壁面の下部に、にんまりと口角の上がったような形――寝そべった三日月のような形の穴があいている。しかしその黒々とした隙間は大人が這って進める程度の幅しかない。

八重はその中から黒っぽいものが舌のようにだらりと地面に伸びているのに気づいた。

よく見ると、それは鹿の皮だった。黒っぽく見えたのはそこを中心に地面が血に濡れていたためだ。切り裂かれた腹部から肉や臓腑が骨ごとごっそりと抜き取られている。

無意識に目を凝らせば、鹿の周囲には小鳥の死骸も散らばっていた。

おそらく朧者は三日月形の岩窟内で、手に入れた「餌」を食べている。あるいはそこを一時的に餌入れにしているのかもしれない。

とっさにそんな不吉な想像をして、八重は嫌悪以上の恐怖を覚えた。

「嫌だ、放して！　あんなところに入りたくない！」

八重は身を仰け反らせ、手足をばたつかせながら暴れた。だが八重の抵抗など巨軀の朧者にとっては痛くも痒くもないようだ。ちらりとこちらを見下ろしたきり、なんの反応もない。

（ああもう！　荒魂性の男とは一生結婚するものか!!）

美冶部の男たちにとっても朧者の出現は不幸な事故だが、八重は彼らを呪わずにはいられなかった。

もし無性の女でも美冶部の者が歓迎してくれるのなら、そのままそこの民となって生きてもいいのでは――という、心の底に隠し持っていた淡い期待がさらさらと消えていく。

あちらの部は突発的な奇現の増加で難儀しているという。八重の持つ知識が使えるかもしれない。誰かの役に立つ喜びは、自分に自信のない者にとって、麻薬のような力を持っている。

それでもって、夫になる男と恋をし合えたら、なんていう甘い望みも本当はあった。今世の八重は、十代の娘だ。そして、前の生では一通りの経験を済ませている。恋がどれほど日々を彩るかを自分の体験として知っている。

だが奇跡的に生還できたとしても、自分を見捨てた相手と恋ができるだろうか？　ゼロどころかマイナス地点からのスタートだ。

（多数を守るために少数を切り捨てる。彼らは好きでその選択をしたわけじゃないけど、実際に自分が切り捨てられると笑えない）

そう考えたあとで、八重は死の危機を目前にしてさえ物わかりのいいふりをする自分に嫌悪した。冷静さは大事だが、なにも感情まで押し殺す必要はない。

（本当はちっとも割り切れてない……）

「なぜ私がこんな目に」という怒りと、「誰かと並べられたとき、私は見捨てられる側の人間なのか」というどろどろとした恨み、苦痛が胸の底に蔓延っている。

そういう誰にもぶつけられない歪んだ感情を、八重は冷静な自分を装うことでごまかす癖をつけてきた。

――加達留にも駒のように扱われるのだって、本心ではとても嫌だった。

本当は、本当は、という後出しが水泡のようにいくつも八重の心に浮かび上がってくる。後出しの感情ほど困るものはないと知っているのに、目を逸らせない。

しかし、たとえば本心を打ち明けたときに、相手の顔に「ああ面倒臭いな、やめてくれよ」という憂いが滲んだら、どうすればいいのか。他人から向けられる笑顔の種類だって「嫌いではないから笑みが浮かぶ」のと「好きだから自然と笑みが漏れる」のとではまったく違う。前者であった場合、それに気づいたら、きっと心が凍りつく。

周囲の人間全員から薔薇のように美しい愛情を捧げられることなんてありえない。けれども誰かと比べられたとき、わずかな差であっても、向けられる好意がその人より劣るのが耐えられない。望みすぎであろうとも、そう考える自分をよくわかっているから、八重はこの世界で寛容を装ってきた。大人であることを自分に課してきた。

(馬鹿だなあ)

生きたいと思った。生きていけるだけでじゅうぶんだと思っていた。

でも嘘だ。八重はこの世界でも誰かにきちんと愛されたかったし、同じように惜しみなく誰かを愛したかった。その果てに、幸せになりたかった。いや、「なりたかった」ではなくこの瞬間だって「なりたい」と願っている。

必死に隠していた心が、死が近づいたいまになって力強く目覚めるのを感じる。

「死にたくない……っ」

振り絞るようにそう叫んだときだ。

三日月形をした岩窟の隙間から飛び出している血塗れの鹿の皮が突然膨らんだ。地面の下から誰かが布団でも押し上げたかのようだった。すでにその手前まで八重を抱えたまま近づいていた朧者が、警戒するようにぴたりと立ち止まる。

鹿の皮の下から、月より鮮やかな向日葵色の円い目玉が二つ覗いていた。

八重が目を見張った瞬間、鹿の皮の下から大きな黒い塊が矢のように飛び出し、襲いかかってきた。八重は、その正体を知って、思わず声を上げた。

「黒葦様!」

朧者の横腹に食らいついたのは、しばらく姿を見ていなかった黒葦だった。

黒葦の襲撃で朧者の手から力が抜け、八重の身は地面に落下してごろりと転がった。慌てて地面を這い、朧者と距離を取ってから八重は振り向いた。

黒葦は、あっという間に朧者を消滅させた。鋭い爪で腕を引き裂き、顔面もごっそりと削いで、喉笛を噛みちぎった。朧者は、おおぉと呪わしげな断末魔の叫びを上げると、石や枝、それから虫の死骸がまざった黒い土塊に変貌し、その場にどしゃっと崩れ落ちた。

黒葦は長い尾を振り、獰猛な荒い息を吐きながら朧者の残骸を見ていた。

(美治部の屈強な男が数人掛かりでも苦戦する朧者を、簡単に倒してしまった)

しかし黒葦はどうしたことか、背中に大怪我を負っている。それが刀傷だと気づいた直後、八重の脳裏に、奇祭〈廻坂廻り〉の夜、びひん様に黒葦が斬りつけられていた光景が蘇った。もう七月になったというのにいまだ傷口は塞がっておらず、新しい血をこぼしている。だが黒葦の血は、地面に落ちると幻のように跡形もなく消滅する。

「なぜ黒葦様がここに？」

八重は地面にへたり込んだまま、かすれた声で尋ねた。

黒葦は、ふーっふーっと荒い息を繰り返し、八重を見据えて歩み寄ってくる。その異様な姿に気圧され、八重はよろめきながら立ち上がった。

目の前にいる獣はいままでの気安さを取り払って、八重を脅かそうとしている。その意志がはっきりと伝わってくる。

「黒葦様、やめて！」

逃げ出そうとした八重の行動を見通していたらしく、黒葦は何度もわざと飛びかかるような動きを取った。噛みつこうとする黒葦をかわすうち、八重はとうとう足をもつれさせて転倒した。そこはちょうど朧者の身体が崩壊して土砂と化した場所だった。

後ろ手をついたとき、硬い物が指先にあたり、八重は飛び上がりそうになった。

こちらを見つめる黒葦を警戒しながら、八重は指に触れた物がなにか確かめようと背後にすばやく視線を走らせた。

「……はっ⁉　黒太刀？」

盛り上がった黒土から、ウイスキーハウスに置いてきたはずの黒太刀の一部が飛び出ている。

八重はとっさにその黒太刀を黒土の中から引き抜いた。間違いなく例の太刀だった。

両手で握りしめたその黒太刀を唖然と凝視していると、突然『行け』という男の声が聞こえた。

八重は、ぱっと顔を上げた。目の前にいるのは黒葦のみで他には誰もいない。

「いまの声は黒葦様なの？」

恐る恐る問うと、黒葦は向日葵色の目を細めた。八重の問いを肯定したように見える。

「行けって、どこに――」

のしのしと近づいてくる黒葦から距離を取ろうと、八重は急いで身を起こし――ひゅっと息を吞んだ。

いきなり、周囲の景色が様変わりしていた。

三日月形をした岩窟のそばにいたはずなのに、なぜか八重たちは薄闇に包まれた花耆部に戻ってきている。

(なぜ⁉)

予想外の怪異におののき、八重は黒太刀を抱きしめて身を強張らせた。

「ねえ黒葦様、どうなっているのこれ」

激しく混乱しながらも、この怪異を引き起こしたのは黒葦に違いないと八重は確信していた。

結果として朧者から助けてくれたが、それが黒葦の本来の目的ではないだろう。いったいなに八重を巻き込むつもりなのか、事情を問おうとして口を開けば、もうしゃべるなというように黒葦が唸る。

『廻れ』

黒葦の声が頭の中で響いた。若い男の声だった。

八重はぎゅっと口を結ぶと、震えながら周囲を見回した。

自分たちがいる場所は、花者部の地で間違いない。薄闇に覆われた山の傾斜に、無数の段々畑が作られている。その中程辺りに八重が暮らすウイスキーハウスの輪郭が見える。欠けた注ぎ口のみひょろっと細い、ずんぐりとしたボディ。独特の輪郭だ。

段々畑の下の盆地にも畑があり、蛇行する川がぼんやりと見て取れた。

飽きるほどに見慣れた景色。けれども、なにかが違う。

ほんの少し次元がずれているような違和感がある。

その証拠に、民の気配がない。虫の鳴き声も、鳥の歌も、風の音も存在しない。

奇祭〈廻坂廻り〉を行うときと、いまの状況はよく似ている。

（まさかここで私に奇祭をやれって……？）

なぜだ。そう疑問を抱くも、悠長に考え込む余裕はないのだと八重は気づいた。

民の気配はないが、大気が不穏な感じにざわざわとしている。恐るべきものが闇の奥に潜んでいると、八重は理解する。

「……つちや」

八重は革靴を脱ぎ捨てると、声を絞り出した。

へたり込みそうになる自分の足を叱咤しながら、黒太刀を両手で捧げ持ち、一歩進む。

黒葦が隣に並んだ。やはり奇祭の真似事をしろということだ。

それにしても——今頃気づいたが、黒葦には影がない。黒葦が身から流していた血だって、地面に残らず幻のように消えていた。

(黒葦様の存在自体が、幻のため、とか……)

思い返せば八重以外に、黒葦に触れた民はいなかった。その八重だって、黒葦に触れられるようになるまで何年もかかっている。

「地や　天地や」

進むごとに、周囲に満ちる不穏な気配がより濃厚になる。

「祭ろ　祭ろ　祭ろや　岐」

なにかが、ついてくる。

「祭りゃ　祭りゃ　祭りや　今々」

気配は、ひとつきりではない。

獣の足音、人の足音、蟲の足音。羽音。化け物の息。

百鬼夜行のように、恐ろしい集団が八重のあとをぞろぞろとついてくる。

そんな不吉な確信を抱いてしまった。

「今々　此々　悟々　児々　古今」

恐怖で、指先までじんと痺れた。

(隣の部の男に嫁ぐはずが、どうしてこうなった)

八重は頭を悩ませた。おかしいな、結婚ってこんなに命懸けのものだっけ？

「祭ろ　祭ろ　祭ろェ　随」

振り向きたい。

後ろになにがいるのか、確かめたくてたまらない。本当に百鬼夜行なのか。それとも。

だが、八重が誘惑に屈して立ち止まりかけると、黒葦が警告するように睨み上げてくる。

(だいたい、どこへ向かえばいいのか)

本来の奇祭では、びひん様を追儺のように追い回すはずだ。

だがいまは追い払う対象がいない。

八重は段々畑を上がり、細道を抜ける。とりあえず、盆地の一帯から離れた場所にあるあの朱色の大柱を目指せばいいのだろうか。

「槌や　槌や　天狁や」

頰の筋肉が強張り、うまく口が回らない。呪をとちった気がする。

（私、奇祭の使いを長くやってるけど、本当はビビリの小心者だからね⁉）

ホラー映画は見ない。心霊スポットにも絶対行かない。前の世ではそういう人種だったのだ。

「末の　末期の　末路　八叉」

後ろの集団が隙あらば八重を襲おうとしているのがわかる。唾液を啜る音が聞こえてくる。

そのせいで身の震えがおさまらず、呪を何度も間違えてしまう。

しかし手を出してこないのは、そばに黒葦がいるからか。

「覓ぎや　覓ぎや　目合せ　渾渾」

額を汗が流れる。

そういえば、面紗がいつの間にか外れてしまっている。

「昏昏　呱呱　鏗鏗　供御　五香」

八重は背後のざわめきを背中で意識しながら、集落を離れる。

「まほろ　まほろへ　服え　随意」

八重は、嫌な汗がとまらなかった。

奇祭のたびに唱えてきて、ある意味子守唄のように馴染んでいるこの呪について、なぜか今更疑問を抱く。

はじめは妙な韻を踏んでいるとしか思わなかった。何度か口にして、あぁこれは平たく言えば「この地でずっとお祭りを開催するよ。だから追い払われても怒らないでね」という、ある種びひん様を牽制するような意味を持っているのだろう。そう信じていた。

　びひん様は日本から流れてきた女神のなれの果てではないか、と八重は仮説を立てている。誰にも祀られなくなったから堕つ神と化し、あたりに穢れを振り撒くようになった。そこで、悪さをせぬようにと、この奇祭が生まれたのでは、と考えていたのだ。

　だが、そう単純な呪ではない気がしてきた。

　ひょっとしたら、「末までも、道を違えようとも、供物を捧げて穢れを祓い、祀り続けよう。だから赤子のように泣くな、鐘が鳴るように喚くな。祀ってやるんだから永遠に服従しろ」というようなひどく驕った呪ではないのか。

　もしもそうだとしたら、いったい誰に対して屈服しろと呪を投げている？

　──そんなの当然、びひん様だ。

（待って待って。私はなにをずっと、やらされてきたんだ）

　なんだこれ。本当は怖い祭りの起源ってやつか。

　八重はもうなにもかも投げ捨てて逃げ出したくなった。

　しかし、背後の集団は、はっきりと八重に悪意を向けてきている。奇祭を中断すれば、この集団は嬉々として八重を襲うだろう。いまは進むしかない。

　祭りの裏事情はともかくも、集落を出て以降の距離感があからさまにおかしい。

　なぜ段々畑の横手に回ったら、すぐそこに朱色の大柱があるのか。

（指一本分ずれた次元に迷い込んでいる説が濃厚になってきた）

八重は黒太刀を掲げたまま、おののきながら大柱の横を通り抜けた。本来の奇祭ならここで八重の役目は終わるが、肝心のびひん様がいないので、どこで足を止めていいのかわからない。

悩むうちに、いよいよ怪異が八重に向かって牙を剝き始めた。

柱の横を抜けた直後、景色が再び一変する。なぜか足元は前方へまっすぐ延びた石畳に変わっていた。石畳の左右には、崩れかけの石灯籠がずらっと並んでいる。八重が通過した場所のみ、石灯籠に明かりがつく。

その様子をちらっと横目で確認して、見なきゃよかったと八重は死ぬほど後悔した。石灯籠の中で青白く燃えていたのは蠟燭ではなく猿の頭だった。

（大人ぶって奇祭の使者を引き受けるんじゃなかった）

時間を戻せるのなら、安易に受け入れた子ども時代の自分をとめてやりたい。

嫌々前進して、八重はさらに後悔を募らせた。

石畳の先には八重の背丈以上も高さがある、ごつごつとした石碑のようなものが正方形の玉垣の中心に立っている。そしてその石碑の下部から金色の虎が胴の半分あたりまで突き出ていた。

石の中からどうやって顔を出したんだ、という疑問はもうこれだけ怪異が発生している状態なので今更だ。

八重は恐怖で瞬きもできなかった。

白と金色のまざった毛並みの虎をまじまじと見遣る。額部分には梵字のように見える黒文字がうっすらと浮かんでいる。腐った卵みたいに淀んでいる黄金の目のまわりにも黒い隈取りがあった。さらには猿轡のように黒玉の数珠を口にかまされている。数珠は前肢や首、石碑自体にも巻き付けられていて、いかにもこの虎を全力で封じていますと言わんばかりだった。

詳細を説明されずともわかる、これは化け物に属するやばい虎だ。

それにこの物騒な目付きは、とても黒葦に似ている。分身なのかというほどにだ。そう思って、さっと隣に視線を向ければ、横を歩いていたはずの黒葦の姿が消えていた。

八重は途端に心細くなった。黒葦はいついなくなったのだろう。

(私一人でこの怪異をどう切り抜けろと……)

長年、奇祭の使者役を任されているが、無性の自分に神通力はない。特殊能力もゼロだ。

無意識に八重が後ずさりすると、黄金の虎は恨みのこもった目で睨みつけてきた。

「いや、そんな恫喝するように唸られても……」

と、言い訳しかけて、八重ははたと気づく。

背後にはまだ恐るべき集団の気配がある。下がってはいけない、と黄金の虎はもしかして忠告してくれたのか。

この状況がまさに前門の虎後門の狼といった状態で、八重は身じろぎすらできなくなった。

気絶できたほうがましだと思ったとき、石碑にびっしりと刻まれていた黒い崩し文字が虫のように蠢き始めた。仰け反る八重の前で、その崩し文字がぼんやりとした影に変わる。影は人の形を取り、『びひん様』に変貌した。

「びひん様まで出現するの⁉」

八重はその場に頽れそうになった。

話しかけてはいけない、などの決まり事が脳裏をよぎったが、こうもイレギュラーな事態が連続している状況で、その戒めにどれほどの効果があるというのだろう。

びひん様の顔は墨で塗り潰したように真っ黒だ。その代わり、裸の上半身に、小さな獣面が瘡蓋のようにいくつも浮かんでいる。頭頂部、胸、腹などには、それらの獣面より大きなサイズの鬼めいた顔も浮き出ていた。ただ、やはり最初の頃に比べるとびひん様は衰えつつあるような気がする。穢れが薄まっていると言い換えてもよさそうだ。

『びひん様』は、石碑から黒い腕を伸ばしてきた。まるで黄金の虎の逃亡を防ぐかのように、背後から黒玉の数珠を引っぱる。すると虎の胴体が少しずつ石碑の中にずずっと戻っていく。

黄金の虎は荒々しく頭を振って抗った。

八重のほうも、黄金の虎の姿が石碑に沈んでいくにつれ、後ろにいる集団の気配が濃くなるのに気づいた。

黄金の虎が八重を見据える。死にたくなければ封印を解けと視線で訴えている。

どうすべきか躊躇したのは一瞬だけだった。

八重は、生きたいのだ。この世界に生まれ落ちた日だって、誰にも知られず一人で死ぬのが嫌だった。生きることになんの意味があるのか、自分にどんな価値があるのか、いまだに摑めていないけれども、死にたくないという気持ちは本物だ。

「助けるから、おまえも私を助けて」

恐怖でがちがちと鳴る歯の隙間から、八重は言葉を絞り出した。

「神か魔物か知らないけれど、私のために、解き放たれて」

虎の双眸が、ぎゅっと細くなった。

八重は半ば自棄になり、手に持っていた黒太刀を鞘から引き抜いた。

刀身まで黒いその太刀は、黒曜石のように滑らかでぎらぎらしている。

八重の動きを見た『びひん様』が数珠から手を離した。今度は八重へと、小さな獣面が浮かぶ腕を伸ばしてくる。八重は喉の奥で悲鳴を上げながら、とっさにその腕に向かって黒太刀を振り下ろした。すると石碑全体からびりびりするほどの断末魔の叫びが響き渡った。

「本当に無理、私は戦いに不向きなタイプなんだってば！　次にどうすればいいの‼」

八重は勢いのまま、がっと石碑に黒太刀を突き立て数珠の紐を切った。

数珠が散らばったその瞬間、せき止められていた水が迸るかのように黄金の虎が石碑から飛び出してきた。こちらを襲撃するつもりかと勘違いした八重は再び悲鳴を上げ、その場にうずくまった。黄金の虎は八重の頭上を高く跳躍し、背後の恐るべき集団に食らいついた。化け物たちの尾を引くような絶叫が周囲に広がる。

八重には振り向く余裕がなかった。

封印の数珠は、『びひん様』までも石碑の中から解き放とうとしている。

「ねえ、来る！　助けて！」

八重は、石碑からずるずると這い出てこようとする『びひん様』を見つめたまま、後方で百鬼夜行の化け物たちと血の舞いを踊る黄金の虎に向かって叫んだ。

「早く、やばいから、ねえ!!」

「──うるせえわ」

男の声で、冷静な返事があった。

「えっ」と八重が振り向く前に、落とさずにまだ握りしめていた黒太刀が後ろから誰かに奪われる。その誰かがついでのように八重の腕を掴み、乱暴に横側へ突き飛ばした。

八重はよろめいて尻餅をついたが、すぐに顔を上げ、自分を遠ざけたその人物を確かめた。

身なりのいい、見知らぬ若い男だった。

「ようやくの自由か」

そう嘯いて、石碑から這い出た『びひん様』へ切っ先を向ける男の姿を、八重は目に焼き付ける。

花者部の民ではなかった。金色の髪は短めだがもさもさと顔のまわりを覆っているため、目元をはっきりと確認できない。袍は黒で、腰には黄金の帯、筒形の黒い革靴という風体だ。その装束だけなら花者部の民とさほど変わりがないが、肩には風神や雷神がまとっているような淡い金色の天衣がかけられている。

「いい加減、おまえは根の国に沈んでしまえ」

男は鬱陶しげに告げると、『びひん様』に容赦なく太刀を振り下ろした。

『びひん様』は掃除機に吸い込まれるかのように、呻き声を上げて石碑の中に戻っていった。黒い靄が石碑の表面に渦を巻き、やがて崩し文字へと変わる。その様を見届けることなく男は袍の裾を翻し、タンッと軽く地を蹴って、化け物の残党——ここで八重ははじめて百鬼夜行の化け物たちを見た——に斬り掛かる。でっぷりとした鏡餅のような体軀の大蛙や、双頭の河童もどきに大猿など、見なきゃよかったと本気で後悔する異形ばかりだった。

男は楽しくてたまらないというように、喜びながら化け物たちを斬り刻んでいった。動きに合わせてなびく天衣は優美だがいかんせん男の動きは荒々しく、獰猛な獣か猛り狂った武神かというような有様で、なおかつ彼が剣を舞わせるたびに血しぶきが石畳を濡らすものだから、八重はしばらくの間放心してその光景を眺めるより他になかった。

（一方的に嬲っているような感じだ）

八重は何度も唾液を飲み込んだ。

獰猛な獣というたとえは間違っていないだろう。

目の前で心底楽しげに剣を振るう男が、きっとあの、額に梵字の浮かぶ黄金の虎の正体なのだ。虎から人間に変じたところを見ると、種族的には綺獣になるのか。……いや、『びひん様』と一緒に封じられていたことを考えれば、悪い意味でもっと高位の存在のような気がする。

（まさか本当に鬼神じゃないよね。ひょっとして私はとんでもないモノを解放してしまったんじゃないか……）

八重は頭を抱えたくなった。

前方に『びひん様』、後方には化け物集団という恐怖の面子に挟まれたため、やむにやまれず黄金の虎の封印を解いたが、すでにして八重はその選択を後悔していた。

「これでしばらくは出てこないだろ」

男は最後の化け物を仕留めると、黒太刀を一振りして血糊を払った。そして地面にへたり込んだままの八重に近づき、いまだ殺戮の興奮がおさまらぬといった危うい微笑を向けてくる。

「おまえも死にな」

……は？　と八重は耳を疑った。

なにを言われたか理解するより早く、男はいっさい躊躇せずにその刀身まで真っ黒の太刀を八重の頭に振り下ろした。

ところが、刃が八重の頭を叩き割ることはなかった。

額の上で刃がとまっている。見えない盾が攻撃を受けとめたかのようだ。かたかたと小刻みに刃が震えているのは、それだけこの男が力をこめている証拠だろう。

八重はゆっくりと数度、瞬きをした。その間にじわじわと理解が追いつき、恐怖から怒り、驚きと、めまぐるしく感情を変化させる。

（この男は私を殺そうとしたのか！）

美冶部の男には囮にされ、石碑から解放したこの虎には叩き斬られそうになった。理不尽な仕打ちがこうも続けば、さすがにもう物わかりのいい態度を取ることなどできない。

「なんで……っ」

これほど皆に自分の命を軽んじられなきゃいけないのか、という意味での叫びだったが、男は違う解釈をしたようだ。

つまらなそうに剣を下ろすと、淡々と答える。

「おまえを殺せねえのはさっきの約定が原因か。面倒なことになったな」

男は乱れてますますもさになった黄金の前髪の隙間から八重を見下ろした。鮮やかな向日葵色の瞳には、冷たい輝きが宿っていた。

数秒、茫然と見つめ合って、彼が思いがけず優れた容姿を持っていることに八重は気づいた。美冶部の男のように背丈が大きく、それでいてきらきらした華やかな美しさがある。鼻梁はすっきりと通っていて、薄めの唇は微笑んでいるように優しげな形をしていた。

先ほどの猛る武神のごとき強烈な戦い方を見ていなければ、お内裏様のようなこの麗しさと気品に感嘆したかもしれなかった。

「俺は亜雷。殺したいほど不服だが、おまえのものだ」

男は——亜雷は、その優しげな形の唇から猛烈な毒を吐いた。

(殺したいほど⁉)

八重は、啞然とした。

「おまえのために俺は解き放たれた。その命が俺を自由にする糧だ」

糧って。

なにそれ、と八重は心の中で呟く。

「永劫など知らんが、俺の目が開く限りおまえに隷従する」

亜雷は、八重の反応を無視してひたすら迷惑そうに言う。が、口にしているのは、いったいなんの告白かと耳を疑うような言葉ばかりだ。

「な、なにを言って……！」

八重はぶるぶると身を震わせた。

「殺せねえんだから、そばにいるしかないだろ」

「はああ⁉」

わけがわからない。この虎男の存在自体が、わからない！

「屈辱極まりない事態だ、でも跪くから覚えておけ」

彼は、跪く者とは思えぬほどの上から目線で、忠誠を誓うかのような宣言をした。

「――意味わかんないしちっとも従う気なんかなさそうだし、だいいち、そんなことを聞いてるんじゃないからあ!!」

八重は、絶叫してその場にうずくまった。

「うわ」と、亜雷が引いた気配を感じる。

だがもう限界だ。

「義父の加達留様からはじまって美冶部の民とかこの虎男とかなんなの、どういうつもりなの、私って男運悪すぎない!? 私がなにかしましたか、前世で男を泣かせましたか、いいえそんな真似はしていません、無駄なほど真面目にすごしましたよ!」

「お、うん……?」

明らかに引いている雰囲気の亜雷が、そうっと八重の前に身を屈めた。八重はうずくまった体勢のまま、ばんばんと両手で石畳を叩いた。

「おい、あんまり強く叩くと、手首折れるぞ」

「私を殺そうとした人が言う台詞じゃないでしょお!! こんなおもしろみ皆無の無味乾燥女ですみませんねえ!」

「いや、それは言ってねえが」

律儀か。冷静に訂正されても、感情を爆発させたいまの八重には届かない。

「君は優しいねって何回聞いたことか。褒めてないこの言葉、前の人生で死ぬ間際まで言われ続けた！」

「俺は言ってねえ」

「正直に言えばいいじゃん、『優しいイコール皆の便利道具』でしょ、空気読めるのに要領の悪い人間がいてくれてラッキーでしょ、そうだよ、他人に嫌われる勇気が私にないだけだよ。だって好かれたい、好かれたかった！」

たとえば、見目がいいだけじゃなくて、自分の意見をはっきり口にできる御白みたいに。大学でも、会社でも、自然と人を集めて笑顔の輪を広げていた彼、彼女たちみたいに。

だから、ちょっと嫌だなと思う頼み事をされたときも、八重は断らずに微笑んで引き受けた。

この世界に生まれ直してからも、そう心がけてきた。

冷静でいよう、人の邪魔にならないでいよう。誰かを困らせるような行動は慎もう。それが誰かの負担を減らすことになり、自然な笑顔を見せてくれるのなら、たやすいことだ。

けれどもいつだって八重は、少しだけうまくいかなかった。

特別に嫌われはしなかったが、そう、少しだけ――人よりも後回しにされた。思い返せば、どれも気のせいの一言ですむような、些細な出来事だ。誰かと一緒にいるとき、最初に名前を呼ばれるのは自分じゃない。遊びの誘いも誰かの次で、一番ではない。その程度。だが数々のささやかな「少し後回し」の積み重ねに、八重は確実に心がすり減っていった。

「まわりにいる人に必要とされたかったんだよ、それのなにが悪い！」

「おい」

八重は、とまらなかった。冷たい石畳に伏したまま泣き続ける。

「マップ製作だって一番大変なのは実地調査だよ。自分の足で歩いて各戸を訪れるの、きつい し時間もかかる。不審者扱いされることもあれば延々と嫌みを言われることもあるんだよ。なのに、桃井さん真面目だし人当たりもいいから実地調査にうってつけって、当たり前みたいに全部押し付けるとか、ないでしょう！　反論したら、自分でこの仕事を選んだんでしょって、でもそうじゃない、そういうことじゃない！」

断れない自分が馬鹿なだけだと、八重は叫びながらもわかっている。だが、自覚の有無なんてどうでもよかった。胸の中の澱を全部吐き出してしまいたいだけだ。

「結婚……結婚も、利用されてこい、それが済んだら花耆部に帰ってこいって。それで、私が苦しい思いをするとは少しも考えないの。考えても、私の心は取るに足らないものなのか。こんなに価値ないって思われるの嫌だよぉ……。好きで無性に生まれたんじゃない」

震える声で叫び続けるうち、次第に興奮がおさまってくる。

「おい」と亜雷がまた声をかけてきて、八重の腕を取る。

「そんなことを俺に言っても、どうにもできねえよ」

顔を上げさせられながら、八重は「本当に自分はなにをやっているんだろうか」とぼんやり思った。

亜雷が言ったように、個人的な鬱憤を吐き出していい場面ではない。

けれども目の回るようなハプニングが立て続けに発生して、これまでの「冷静でいよう」という密かな誓いが吹き飛ばされてしまった。それは八重にとって大きなダメージになった。大げさに言えば、これまでの自分の行いが全否定されたも同然だ。

「……おまえ、本当に無性か。――確かになにも匂わないな」

亜雷は、ふいっと八重の首筋に顔を寄せた。

その言葉は、いまの八重の心を串刺しにしてくれた。

「無性が、無性だから、なんなの。香水風呂にでも入って全身匂わせれば満足するの」

八重は、どっと涙を迸らせた。

その様子に再び亜雷が引いていた。

間近で亜雷の顔を見て、八重はさらに苦しくなった。

先ほども思ったが、ずいぶん端整な顔立ちをしている。こんなに奇麗な男の目に、涙塗れで不細工になった自分の顔が映っている。耐えられない。

「あんた、イケメンだからって……、荒魂性だからって、なにをしても許されると思わないでよお！」

亜雷の顔を覗き込み、八重は怒りを再燃させた。

彼の目は、瞳孔を中心として、六曜星のような環紋が虹彩に浮かんでいる。中央の瞳孔を囲む五つの丸が、感情の動きを示すようにくるっと回転している。

動く環紋を持つ者はとても少ない。よほど神通力が秀でた者しか持ち得ない。中には、鳥形や蝶形、星形の動く環紋を持つ者もいるというが、八重はこれまで出会ったことがなかった。

「荒魂性の男に振られたか。……そういえばおまえはよその部の男に嫁ぐという話だったな」

亜雷は思い出したように呟いた。

「……なんで知っているの」

それには答えず、亜雷は呆れた顔をする。

「結婚なんて、そりゃ無理だろ。荒魂の男が無性に惚れるものかよ」

わかっていたことだが、こうも当然の口調で言われると悲しくなる。

「俺はべつにおまえと夫婦になるわけじゃないから、環性の有無などどうでもいい」

無関心そのものの顔で告げると、亜雷は鬱陶しげにもさもさの前髪を手で払ってから、項垂れる八重を強引に立ち上がらせた。

「なんであろうと、おまえは俺の命だ。——そろそろここを出るぞ」

亜雷は、八重の返事も聞かずに歩き出した。

『びひん様』を石碑の中に追いやったおかげか、軸のズレた世界からの脱出は拍子抜けするほど簡単だった。入ってきたときと同様に、地に突き刺さっている朱色の大柱の横を通るだけだ。すると景色は様変わりして、奇祭を行う前の場所に戻る。

(私はこれからどこで暮らせばいいんだろう)

八重は自分の今後を思って、どっぷりと悩みの沼に沈み込んだ。

加達留には、美冶部の男に拒絶された場合はすぐに花耆部に戻ると宣言していたが、実際には拒絶どころか見殺しの憂き目にあっている。

価値無しと判断された状態で平然と帰れるほど八重は厚顔無恥ではない。そもそもほいほいと戻ってこられたら、立場上、加達留も困るはずだ。単純な出戻りであれば、それを理由に有利な交渉を美冶部に持ちかけることもできただろう。だが、嫁候補の見殺しが発覚した場合、八重は一応「長の娘」のため、苦情のみではすまぬ罰をあちらに求めねばならなくなる。

(無理だ、すぐには戻れない……)

本来この輿入れは互いの部の結束を願う目的で決められたものである。

八重の存在が、他の者の結婚にも亀裂を入れかねない。加達留としてはいっそ八重に死んでいてほしいに違いない。そうすれば美治部側も、「救おうとしたが、残念ながら八重は朧者に殺された」という釈明ができる。真偽はこの際、どうでもいい。

八重は、新たな埃がまた心に降り積もるのを感じて息苦しくなった。

誰にも真剣に求められない中途半端な自分、いつでもほんの少し後回しにされる自分を、この世界でも見せつけられている。

(今度は、うまくやっていこうと思っていたんだけれどな)

無言の八重を引っぱりながら、亜雷はさくさくと山中を進む。

奇祭の間は薄闇に包まれていたが、そこを抜け出せばあたりに日が差し込む。

暗い場所からの落差に、八重は目の奥がじんと痺れた。

亜雷は、花耆部にも美治部にも向かわず、ひたすら木々の間を歩いた。二匹の蝶が仲睦まじげに飛び回りながら八重たちの横をすぎていく。あのときに見た蝶だろうか。

八重がぼんやりと蝶を見つめたからか、亜雷も立ち止まった。そしてすぐ歩みを再開する。

途中、道が険しくなり、女の足では進むのが困難になった。すると亜雷は金の毛並みの大きな虎に変じて八重を背に乗せ、軽々と地を駆けた。黒太刀は八重が持たされた。

金虎は目毘路山側ではなく、反対側にある茶江馬山に向かって耶木山の中腹を突っ切っている。

会話を楽しむ気分ではなかったが、さすがに目的地が気になり始めて、八重は口を開いた。

「どこへ向かうつもりなの？」

「向こうに泉がある」

答えになっているようでなっていない金虎の返事に、八重は困惑した。

しばらく進めば、彼の言葉通り、空を映した水色の泉に到着する。太い倒木が数本、橋のように泉に架かっていて、そのすぐ横に、巨大化したお椀の奇物が横向きの状態で水底に突き刺さっていた。半分ほどが水中に沈んでいる。内側は朱色で、外側は焦茶だ。もとは金箔を散らした折り鶴の模様があったのだろうが、ずいぶんかすれている。

「太刀を洗う」

金虎はそう言うと、泉のほとりで八重を背から下ろし、再び人の姿に戻った。泉に架かる倒木の上をすたすたと進み、その中央あたりで……お椀の前あたりでとまり、身を屈める。倒木の上で休息していた緑色の蛙が、慌てたようにひょこっと泉の中へ逃げていくのが見えた。

八重も少し遅れて亜雷を追い、膝を抱えて隣に座り込んだ。半分が水中から飛び出ている奇物のお椀は深さのある形をしていたので、その縁が庇のように八重たちの頭上を覆っている。

（バス停のベンチに座っている気分になってきた）

高校生の頃にバス通学だったことを思い出し、八重は靴の先をもじもじとさせた。

荒れていた気持ちがいくらか落ち着いてくると、次に感じるのは強烈な羞恥心だ。

初対面の男相手によくもまあ、あれだけ意味不明な叫びを聞かせてしまったものである。頭のおかしい女だと思われたに違いない。逆の立場なら八重は確実にそう思う。

八重の葛藤をよそに、隣の亜雷は鞘から抜いた黒太刀の刀身をなんの抵抗もなくじゃばじゃばと水につけて洗い始めた。

「剣ってそんなふうに洗っていいものなの⁉」

八重の知る常識と違うことに愕然とする。

「水が怖くて血に染まれるか？」

亜雷がちらっと八重に視線を投げて冷たく答えたが、そういう問題ではないと思う。たぶん普通の剣じゃないってことね、と八重は無理やり納得しておいた。

「……いくつか聞いていい？」

気を取り直して小声で尋ねると、「なにをだ」と返事がきた。

断られる予感があったので、それが裏切られたことに八重は驚いた。

「もしかしてあなたは、『びひん様』の家来かなにかだったの？」

あの薄汚れた灰色の石碑に亜雷はびひん様と一緒に封じられていた。とするなら血族か、または特殊なつながりがあるのだろうと思っての質問だったが、ぱっと振り向いた亜雷の目には憤りの色が宿っている。

「はあ⁉　俺が家来だと？　ふざけるなよ」

亜雷は荒っぽく吐き捨てたあとで、腹立たしげに刀身の水気を払い、鞘に戻した。それを片手に持ちながら八重の横にどかりと座る。彼の乱暴な動きに、ベンチ代わりの倒木が揺れた。

（って、近い。なぜくっつくようにして座るんだ）

謎の距離感に八重は密かに戸惑った。そういえばこの黒太刀も、八重がそばを離れると途端にバイブレーションしてくっつきたがったっけ。持ち主の癖を引き継いでいるのか。

「俺はおまえのものになったと教えたろうが。しいて言うなら、俺はおまえに付属する存在だ」

と、当然の口調で訂正され、我に返った八重は真顔になった。

「あの。それ、さっきも聞いたけれど、さっぱり意味がわからない」

わからないというなら、もう最初から全部わからない。聞きたいことだらけだ。

「亜雷はいったい何者？」

その中で一番気になっている質問を八重はぶつけた。ところが、こちらは真剣に尋ねたのに、返ってきたのは「知らん」という突き放した言葉だった。

「嘘じゃねえ。俺は、俺をよく知らない。もはや朧者……いや、堕つ神に近い存在だ」

自分の身の上話なのに、亜雷の口調には熱がない。

堕つ神という存在は、正直なところ定義が曖昧だ。朧者と成り果てた者を祀れば、いつかそれも堕つ神扱いされるし、得体の知れぬ不気味なモノもまとめてそう呼ばれることがある。

八重の中では「人の力では始末しきれないのでとりあえず封印しておきたい存在」が堕つ神

になっている。

「……でも、亜雷は自我を保っているよね？」

八重の確認に、亜雷は「いまはな」と意味深に答えてこちらをじっと見た。

「本質が大きく変形するほどにおのれの大部分が失われたが、それでも名くらいはまだ覚えている。おそらくこの神通力の強さや、忘れずにいた名からして、かつての俺は神仏の類いであったんじゃねえか？」

軽く神仏と言ってくれた。

「へ、へえ……」

と、適当に流す以外、どう答えればいいのか。

「その俺を目覚めさせたのがおまえだろ。他人事みたいな顔をするんじゃないぞ」

「へえ……えっ」

なんでだ。

八重は本気で驚いた。

「おまえをずっと見守ってきたのは誰だと思っている。俺がいなければおまえ、とっくに堕った者どもに食われている」

「私が⁉」

「おまえときたら呪はとちりまくるわ、靴を履いたまま廻ろうとするわ……」

「それって奇祭の話？」

八重はぽかんとしてから、亜雷のほうに身を乗り出した。

「あなたはひょっとして、黒葦様でもある？」

「そうだよ。俺の一部だ」

なんのてらいもなくうなずかれ、八重はしばらく押し黙った。

黒葦は、八重が奇祭の使者になって以降、現れるようになった獣だ。

「石碑に封じられていた金虎が亜雷の本体――綺獣時の姿だよね？」

「ああ」

「なら、黒葦様は、言ってみれば金虎時の『影』みたいなものってこと？」

黒葦に影はなかった。つまり「俺の一部」という言葉から、黒葦という存在は金虎から切り離された影だったのではないかと八重は考えた。

「まあ、似たようなもんだから、そう思ってもらってもかまわねえ」

と、亜雷からは、はっきりしない答えが返ってくる。

「亜雷は、というより亜雷の一部……？の黒葦様は、なぜ私の前に現れたの？」

その問いを投げた直後、亜雷の気配が一瞬ぴりっとした。

頭上に刃を振り下ろされたときのような、凍えた殺気を感じ取り、八重は息を呑んだ。

（私を殺そうとしたことと、黒葦様の出現には関わりがあるのか）

しかしその理由は聞けなかった。亜雷はすぐに殺気を引っ込めて苦笑したが、再び問いかければ、また彼を刺激するだろうという確信がある。

「……その剣も亜雷の一部？」

八重は胸に広がる恐怖をごまかすために、べつの問いを口にした。

「俺を示す一部ではあるが、こっちはどちらかと言えば、所持品の意味合いのほうが強い」

意思を持つ所持品か。

「………『びひん様』も？」

「一緒にするな。あれは俺の一部でもなんでもない」

八重は胸を撫で下ろした。そこは否定してくれて本当によかった。

「俺は……、俺という存在はたぶん、奇物同様に異域から流れてきたものだと思う。そしておそらくは、どこかで祀られていたのだと思う」

慎重に告げる亜雷を見ながら、八重はめまぐるしく思考を働かせる。

（この世界が遠い未来か、少しズレた次元なのかは不明だけれど、亜雷や奇物については日本から流れてきたもので間違いないんじゃないかな）

彼が封じられていたのは、朱色の大柱の向こう。きっとあれは鳥居の残骸だ。

ということは、亜雷は、どこかの祭神だったのではないだろうか。

（それは神格高いわ、天衣もまとうわ……）

お持ちの武器もきっとその神社に奉じられていた神剣ですよね。まさしく神の武器か……と八重は心の中でおののいた。意思のひとつや二つ、持っていてもおかしくない。

「もう古の意味は失われたし、それを取り戻すことは不可能だが、あいつもまた俺に関係がある者なんだろうよ」

「……神話的に、関わりがあると」

ぼそっと告げる八重を、彼は「ふうん？」とわずかに感心するような目で見た。

「そのもっさい髪と無性にも拘わらず、意外に頭が回る」

「一言多い虎だな」

「俺がかつての自分を象るための意味を失ったように、あれもおのれを見失っている。だが、きっと俺という存在はあれを封じるか、押さえ付ける者だった。でも俺は少し前に、この世に解放されていた。あの赤い柱が壊れてからしばらくの間は自由の身だったんだ」

新情報だ。八重は話に集中した。

「俺が解放されたってことは当然、あれも解放される。俺はあいつが襲ってくるたび、追い払った。そのうち、まわりの奴らが俺を国の大乙守に仕立て上げようとした。そんな面倒な役柄を押し付けられんのはごめんだと退けたら、神通力持ちの環性の野郎があいつごと俺を石碑に封じやがった。殺してやる」

最後の一言は聞かなかったことにして、八重は急いで尋ねた。

「少し前に解放って……私が生まれる前あたり？」

「もう少し前。百年くらい前かな」

それは少しと言わない。もはや伝説の域である。

八重は水面を滑るアメンボに似た虫を見つめながら、いまの話を頭の中で整理した。なんとなくだが、亜雷の状況がわかってきた気がする。

たとえるならびひん様と亜雷は、八岐大蛇と、それを退治した須佐之男命みたいな関係だったのではないだろうか。そうすると、この黒太刀は、天叢雲剣あたりか。

(でも、その神話の神ではない気がするんだけれどなあ。もっとこう、恐ろしい感じの神話のような印象がある)

八重はそこまで日本神話に詳しくない。こんなことになるのなら前の世で古事記でも読んでおけばよかった。

「じゃあ、『びひん様』はあれで退治したことになるのかな」

「ひとまずは、そうだろう」

と言う、亜雷の表情はなぜか晴れない。

「しかしわからんな……なんで急に朧者が複数わき出したんだ？」

「というか、亜雷はどうして私が朧者に殺されかけているのに気づいたの？」

厳密に言えば助けてくれたのは黒葦だが、亜雷の一部らしいので、彼の意志であったと判断していいだろう。

「そりゃおまえに危機が迫ればわかるに決まってる。おまえは、俺の命なんだから」

またその言葉だ。八重は眉をひそめた。

(わからないことは他にもあるんだよね……)

黒葦の怪我はどうなったのか。なぜ奇祭後、八重のもとに神剣であろう黒太刀が現れたのか。おまえは俺の命発言もじゅうぶん謎だが、本当になぜ朧者に囚われた八重の居場所がピンポイントでわかったのか。また、なぜあそこで奇祭の真似事をさせたのか。そして、なぜ八重を殺そうとしたのか……。百鬼夜行の出現も謎と言えば謎か。

「……黒葦様は背に傷を負っていたけれど、あれは皐月に行った廻坂廻りの奇祭のときに、びひん様につけられたもので間違いない？」

傷は大丈夫なのか、と言外に問えば、亜雷は八重の様子を観察するような目付きをした。

「これまで俺は、あいつの中に取り込まれていたし、この太刀も奪われていた。だがまあ、奇祭の効果であいつの力は削がれ、逆に俺の穢れは薄まった」

「確かに黒葦様、目の淀みが年々取れていたね」

「力関係が逆転すると焦って、俺を斬ろうとしたんだろうよ」

なるほど、と思ったあとで、八重は引っかかりを覚えた。なにかをごまかされた気がする。

「だがこいつはもともと俺の太刀だ。殺せるわけがねえ。あいつから太刀を奪い返したはいいが、おまえの言う『黒葦』として存在するのが難しくなった。傷が癒えるまで休む必要があった」

「……それで一時的に、私に剣を預けた？」

「他にどんな理由があるんだ」

悪びれずに言われて、八重は脱力した。

「さっきあの場所で奇祭の真似をさせたのは、なんで？」

八重を攫った朧者の残骸の中から黒太刀が出現した理由だって、不明だ。

「質問の多い奴だなあ。……そもそもな、おまえが俺の太刀を置き去りにしたのが悪い」

亜雷が黒太刀の先でばしゃばしゃと水面を打った。……本当にそんな扱いでいいのか。

「おまえに太刀を預けておけば錆も取れると思ったのに、置いていったからあいつの手下に見つかってまた奪われるはめになったんだぞ」

「はっ⁉ 待って。その黒太刀、奪われていたの⁉」

亜雷は責めるような表情でうなずいた。

「なぜか知らんが、このところ急に朧者の出現が増加している。そいつらを操って、俺の太刀をおまえの家屋から盗ませた」

「私が知らないところでそんな出来事が」

八重は驚いた。

（私を捕らえた朧者は、偶然あそこにいたんじゃなくて、太刀を奪った帰りだったの？）

するとと黒葦は、八重の救助に来たというよりは、黒太刀を追ってきたのではないか。

「ええと、こういう流れ？　長年行われた廻坂廻りの効力で亜雷との力関係が逆転しそうだった、だからびひん様は力を削ぐために黒葦様を殺そうとした。でも黒葦様は反撃して黒太刀の奪還に成功した。その後私に預けていたら、再び奪われたので、取り返しにきた……？」

「ああ。これは俺もなぜか知らねえが、朧者の増加でまたあいつが力をつけ始めている。実際、石碑のまわりに化け物がわいていたろ」

「百鬼夜行って、それが原因か！」

「あいつが完全に力を取り戻す前に、おまえに奇祭の真似事をやらせて俺の本体を石碑から解放させたんだよ」

「……そっか」

大筋は把握できた。謎のいくつかもわかった。

けれども、もやもやする。解決していない部分がある。

（朧者の増加原因は本当に知らないみたいだ。でも、私の前に何年にもわたって、黒葦様として現れた理由は？　奇祭の真似事をさせたときに私を殺そうとした理由は？）

そして根本的な謎だが、これまでの廻坂廻りの中で、びひん様が黒太刀を持って花者部を練り歩いていた理由はなんなのか。それに、びひん様は完全に退治できたわけでもない？

そのあたりの説明が抜けている。いや、はぐらかされている。

「ちゃんとわかったのか？　おまえが俺という本体を解放したんだぞ。だから、どれほど不服であろうとも俺はもうおまえのものだ。それが、いまの俺の意味だ」

「……私にかまわず自由に生きてくれれて大丈夫だけれど」

恩返し目的で一緒にいてくれるのではない。それは理解した。

「俺から意味を取り上げるな。目覚めたばかりの俺を軽んじるんじゃねぇ」

むちゃくちゃな要求だ、と言いかけて八重は口を噤む。

「八重」

考え込んでいるところに突然名を呼ばれ、八重は驚いた拍子に倒木から落下しかけた。

望まぬ入水を、亜雷が腕を摑んで防いでくれる。

「なぜ私の名をご存じか」

乱れた髪を片手で押さえながらぎこちなく尋ねると、亜雷は眉根を寄せた。

彼も八重ほどではないが、もふっとした髪をしている。そのため目元が見えにくいが、不機嫌そうな気配はしっかりと伝わってくる。

「それは意味のある質問なのか？　俺の太刀はおまえのそばにいつもあっただろう。黒葦の姿でも、ともにいたじゃねえかよ。おまえの裸が貧相なこともとうに知ってる」

嘘だろと八重は呟いた。身体については年齢的にまだ発展途上だから、見守ってほしい。

「そういえばてめえ、虎姿のときは俺の身体をよくも好き放題に撫で回しやがったな……いや、そんな話をしたかったわけじゃねえ。八重はなぜさっきからあいつを『びひん』と呼ぶ？」

　この男、口が悪い。

「奇祭の起点というか……終点でもある朱色の大柱に『美嬪』と刻まれていたからだよ。いまはもうその箇所が消えて、読めなくなってるけれども……。あれって名前じゃないの？」

　八重が空中に文字を書くと、亜雷は息を詰めてしばらくそこを眺め、ふっと笑った。

「誤読したようだな。美嬪じゃねえ」

「亜雷は知っているの？」

「斐殯。そう刻まれていたはずだ」

　断言する亜雷の顔に、八重はそっと指を伸ばした。

　目元を覆うもさもさの前髪を横に流してやる。目は感情を映す鏡だ。見えたほうが、考えを摑みやすい。

　亜雷は不思議そうに首を傾げたが、とくに嫌がる素振りも見せず、八重の好きなようにさせてくれる。

「ひもがり？　……殯って、身分が高い人の死体を一時的におさめる場所のことだっけ？」

　八重がその言葉を知っていたのは、かつての故郷で古墳が発見されたからだ。子どもの頃、何度も体験学習で遺跡を訪れている。

「そうだ。名じゃなくて、あいつがどういう存在かを示す言葉だな」

「……あ、これ以上聞きたくない。嫌な予感がする」

八重がはっきりと拒絶すると、亜雷は微笑んだ。思いの外かわいらしさを感じる表情に、目を奪われる。

「まあ聞けよ。あいつは『神格を持つ死の国の者』だ。俺とは似て非なる存在なんだよ」

「聞きたくないって言っているのにこの虎様は」

「だからそのことを忘れぬよう、斐殯と柱に刻んだんだ」

笑んだままの亜雷を、八重は凝視した。

「……確認していい？　ひょっとして、その文字を柱に刻んだのは亜雷でしょうか？」

つい口調を改めた八重に、彼は迷いなくうなずいた。

（確かにさっき、亜雷は自分がびひん様を追い払っていたと言っていたな！）

八重はこめかみを押さえた。他の話が衝撃的だったため、聞き流していたようだ。

「俺はな、八重。斐殯のように完全に魂が変形するのはごめんだと思っている」

「ソウデスカ」

目を逸らしたいのに、亜雷が発する妙な威圧感に負けてしまい、動けない。

「異域から流れてきたってことは、こちらで新たに生を受けたも同然だろ。だが輪廻の加護のない状態で流れてきた場合、どうしたって魂はいくらか歪む」

八重たちのような「うろこ」とは違って、予期せぬ転生だったから、こちらに生じた時点ですでに歪みが出ていた、という意味だろうか。

「黒太刀だって前の世ではもっと長く、大きかったはずなんだ。十人がかりでやっと握れるほどに」

「十人がかりで握れる剣……？」

なんとなく聞いたことがあるような、ないような。思い出せない。

「だからこれ以上は変形せぬように、俺は俺という存在の輪郭を明らかにしてくれる者、縛ってくれる者が、とても必要なんだ。切実に」

にこりとする亜雷から、八重は少し身を引いた。だが、すぐに顔を寄せられる。

「なぁ八重、さっき宙に文字を書いたろう」

「ソウデシタッケ」

「俺と同じ世から八重も流れてきたな？　そうでなければああもすらすらと『漢字』を書けるわけがない」

……しまった。たやすい漢字なら他のうろこでも書けるが、あの文字はぱっとわかるものじゃない。

「八重の魂は歪んでいない。水で磨かれたようにつるりと丸い。おまえは定めの輪にある洞児に違いねえが、他と違って、前の記憶が明瞭に残っているんだろ？　だから、こちらではあまり使われない漢字も当然のように知っている」

座る位置をずらそうとする八重の顔を、亜雷はわざとらしく覗き込んできた。向日葵色の瞳の中で、六曜星のような環紋がくるくると元気に動いている。

「ところでだ。俺は、俺をよく知らねえが、それでもいくつか覚えていることがある」

彼は、八重の膝に黒太刀をぽんと置くと、柄の部分を手で軽く叩いた。

「俺には兄弟がいるんだよ」

「ふうん……。何人？」

「数ははっきりしねえわ。二人か四人か六人か……八人……十人……二十人か？」

「待って待って、どこまで増える」

際限なく増えていきそうだ。

突っ込んだあとで、八重は渋面を作った。逃げようとする八重を話に乗せるための作戦だったらしい。

「兄弟じゃなく眷属という表現が正しいかもしれねえな。いや、血脈……？」

ぶつぶつと呟く亜雷から目を逸らし、八重は指先で黒太刀の真ん中あたりをちょんと弾く。

おまえのご主人様、勘は鋭いのにアバウトすぎない？

すると、膝の上ですっごくガタガタされた。なにこの黒太刀怖い。

「とにかく俺が確実に覚えてんのは一人だけだ」

人の太刀で遊ぶなというように睨まれたが、自分のペットはもっと躾けてほしい。

「記憶に残っているその弟を、栖伊という。……俺が封じられたときに弟もべつの場所に連れていかれた。弟に俺の封印を解かれちゃ困ると思ったんだろうよ」

「弟さんもどこかに封じられているって意味？」

亜雷は八重の頭を撫で回した。ただでさえわかめみたいな髪をもさもさにするとはひどい。

「ただなあ。弟は俺と違って繊細だ。月の光のようにさやかな心根の奴さ。長きにわたって封じられたから、俺よりも魂の変形が進んでいる可能性が強い」

「……奇現の病に罹っている？」

「おもしれえよな、こっちの世は。神格のある者だろうと鼓動のない物だろうと草花だろうと、平等に病に罹る」

亜雷は自嘲したが、すぐにじっと八重を見た。目の中の環紋が、左に右にと振り子のような動きを見せている。

「ここは黎明の世なんだろうよ。だからまだ物事が定まりにくくて変形しやすい」

八重は考える。本当にまっさらな意味での黎明なのか。それとも終焉の果ての黎明なのか。八重にはどうしても後者のように思える。

「弟さんに会いたいよね」

余計な思考を振り払い、八重が同情をこめて言うと、亜雷は唇の端をつり上げた。

「あー、会いたい。うん、会いたい。よし、会わせてやろうな」

「……え？」

怯える八重に、亜雷は優しく囁いた。

「おまえは、俺の命。そのおまえは都合のいいことに奇祭を取り仕切れるじゃないか」

「いや、取り仕切るなんて大げさな」

「俺を解放したように、弟もどうにかしてやれ。魂の変形は進んでいるだろうが、いまならまだあいつを救えるかもしれねえ」

「そんな無茶を言われても！」

「俺の弟を救うことができたら、おまえを花者部に帰してやるよ」

八重は息を詰めたあとで、身の強張りを解き、ぎこちなく微笑んだ。

「亜雷の弟さんを救えるにこしたことはないけど……それは交換条件にならないよ。私は当分、花者部に戻らないつもりだし」

正確には、「戻れない」だ。

八重の複雑な胸中に気づいているのか、亜雷は瞳に怪しい光を宿して笑った。

「そこは案ずるな。俺が責任をもって住みやすくしてやる」

「どうやって？」

「民を皆殺しにしてやるよ」

良案だろとばかりに輝く笑顔を見せられたが、この虎男は八重を歴史に残る大悪党にでも仕立てあげる気なのか。

「な、せっかくだからこの機会にさ、美治部の奴らも皆殺しにしようぜ。あそこの男に見捨てられたんだろ？」

「そこまで恨んでいないので、いったん殺意は引っ込めよう」

八重は即答した。よう、せっかくだから飯でも食いに行こうぜ、というくらいの軽い調子で殺戮を提案されるのははじめてだ。膝に載せている黒太刀までも「斬ろうよ、斬ろうよ」とはしゃぐようにガタガタするのはやめてほしい。

「なに、私怨も大部分を占めてるから気にするなって。百年前に俺を封じた奴は美治部出身のの民だったんだ」

「そんな重い打ち明け話、笑いながら聞かせないでほしかった。だめだってば」

八重が首を横に振ると、彼はいぶかしげな顔をした。

「なんでとめるんだ。八重だってさっき、あんなにつらい、苦しいと叫んでいたじゃねえか」

いま一番忘れたい記憶を掘り返すとは、鬼か。

「こっちの世界に流されてきた俺は、荒魂性を押し付けられている。俺から見ても、無性のおまえは確かに無味乾燥な女だ」

「心を抉らないでくれる？」

睨み付けると、亜雷は腕を組んでふんぞり返った。

「でもな、俺は八重に面白みも男運のよさも求めねえぞ。俺にとって八重は取るに足らぬ者ではないから、環性なんてどうでもいいんだ」

下げて上げるという、優しさに餓えたちょろい女子がうっかり引っかかる、ときめきの不意打ちをしないでほしい。

だが忘れてはいけない。この男は、八重に向かって無慈悲に刃を振り下ろそうとしたのだ。

「そのうち私を殺すつもりだから、環性は気にならない？」

皮肉のつもりはなかったが、とっさにそんな問いが口をついて出た。八重はすぐに後悔した。

亜雷の、驚いたような視線を感じる。

どうせならもうひとつ聞いてしまえ。八重は汗ばむ手で黒太刀を強く握りながら、また口を開いた。

「なんで、黒葦様の姿のときは助けてくれたのに、石碑から解放した直後は私を殺そうとしたの」

考えられるのは、「本体が解放されたので、八重の存在が用無しになった」という説だ。

――違っていてほしい、と八重は、黒太刀を撫でながら心の中で祈った。

「……結局、殺せなかっただろ」

亜雷の答えは、八重の望むものではなかった。いま亜雷がどんな顔をしているのか、とても確かめられない。

「だいたいな、八重は毎年俺に向かって服え服えと唱え続けてきたじゃねえか。なら八重は俺に対して責任がある」

八重はぎょっとした。

思わず亜雷を見遣れば、彼は人の悪い笑みを浮かべていた。

まだ亜雷は、八重に少しも心を開いていない。なにか理由があるからこうして隣にいるだけだとわかる冷めた眼差しだ。

「天地よ、俺に身を捧げるから、たとえ離れればなれになろうとも我の意のままに、永遠に永遠に跪け。そう何年も俺に向かって八重は望み続けた。いいさ、その望みを叶えてやろうじゃねえか。ああも情熱的に俺がほしいのだと言われたらな!」

「違う、そんなつもりじゃない」

八重の反論には耳を貸さず、亜雷は腕を伸ばして黒太刀を掴み取ると、身軽に立ち上がった。

焦る八重を冷然と見下ろす。

「知るか。俺を誑かした八重が悪い。――さあ、弟を起こすか」

勝手に会話を断ち切って、亜雷が鞘から刀身を引き抜く。

言い訳の言葉を並べようとしていた八重は、黒い刀身の輝きを見て、口を噤んだ。

(休息目的じゃなくて、はじめから弟のためにこの泉に来たのか)

亜雷は、太刀を両手でかまえると、見えない敵でも斬るかのように水面に向かってぶんっと勢いよく振り下ろした。

──途端、景色が変化した。

いや、場所自体は変わっていない。

しかし、泉は涸れていた。まるで月のクレーターのような、乾いた地面が剝き出しになっている。八重と亜雷は空になった泉に架かる橋のような倒木の上にいて、そこは変化する前と同じだった。

周囲は、青い闇に包まれている。木漏れ日も、鳥の声も、草花の上を舞う蝶も消えている。奇祭時と似た状況だ。指一本分、次元がズレたような世界に八重たちは迷い込んでいる。

「八重、この中に弟がいる」

亜雷は、クレーターのような泉の底を指差した。あちこちに、ビスマス結晶めいた幾何学的な形の鉱物の塊が転がっていた。光沢のある神秘的な青色がほとんどで、角度によっては美妙な虹色を見せていた。

大きさも形も様々だったが、それらの中にすべて、昆虫や魚、動物の骨らしきものが入っている。虫入りの琥珀のようだと八重は思った。

「このどれかが、弟さん……？」

美しい形の──それこそ花者部の段々畑のような形をなす鉱物群を見つめながら八重が尋ね

ると、亜雷はうなずいた。八重を抱きかかえて、クレーターめいた泉の底にとんと飛び降りる。

鉱物は、八重の背丈ほどの塊もあれば、一メートルもないものまで色々だった。

「そら、八重。廻れ」

つやめく青に見惚れていた八重は、亜雷に背を押されて軽くつんのめった。

「廻れって……」

「奇祭と変わらねえ。やれ」

簡単にそう言われても、どんな歌を歌って廻るのが相応しいのか。

「弟は奇現に冒されて変形が進んでいると言ったろ。その上、封印されている。だから、まずは解放するために叩き起こせ。いっそ首を討ち取ってやるってくらいの過激な呪を投げ付けてやれよ」

亜雷が胸を張って言う。

(弟さんを討ち取ってどうするんだ……)

八重は何度も亜雷のほうを振り返りつつ、古代の遺跡をも思わせる幾何学的な形状の鉱物の間をおずおずと進んだ。そこで、適当に目に付いた細長い棒――これも銀色がかった美しい青をしていた――を手に取って、しばらく黙考する。

「はよしろ。いつまでも神通力で大気を歪ませられねえ」

亜雷が背後から催促する。

なるほど、奇祭のような場を作り出して、呪が乗りやすくしたようだが——。

(ええい、わからない。なるようになれ)

八重は、手に持っていた棒を祭具に見立てて、掲げ持った。

奇祭〈廻坂廻り〉の他にも八重はよく使者の役目を任される。無性は病に罹りにくく、また瘴気にも耐性があるからだ。そうして請け負った奇祭の中に、『廻る』系統のものがいくつか存在する。

「ひー　ふー　みー　よー」

唱えた文字の数だけ、大股で歩を進める。

「いー　むー　なー　やー　こー　とー」

そうして、鉱物の間をゆく。

「えー　りー　うー　ちー　いー　かー　けー　よー」

基本的にこの世界の奇祭は大半が邪霊の類いを祓うものだ。

「ひふみよいむなこと　選り討ちいかけよ」

八重がいま唱えているのは〈ひふみいかく〉という奇祭でうたう呪だ。悪しき存在を呪でもって鎮め、討ち取る。

「日踏み夜　忌む名や　言選り　打ち沃懸けよ」

唱えていると、鉱物の中の虫や魚、動物の骨がわずかに動き始めた。

（あぁ、出てくる）

　鉱物から飛び出てきた大きな蜻蛉が星のように青く輝き、羽を震わせて宙を舞った。続いて魚が飛び出し、八重のまわりを泳ぐ。次に山羊の骨が軽やかに飛び出て、宙を駆けていった。美しく、それでいて不気味さも感じさせる眺めだった。蜂が、飛蝗が、鮫が、鰐が、馬が、鳥が――輝く生き物たちが、音もなく青闇の中を駆け巡る。

「ひふみよ　いむなやこと　ひふみ　よいむ　なやこと」

　廻れば、呪も巡る。

　そのうち、ずれて、崩れていく。

　言葉の順が組み替えられる。

「いむことひとうちとり　よみやかえりこむ　かけうたなり……」

　唱えるうちに、知らず新たな呪が浮かぶのだ。

「忌む異人討ち取り　宵宮帰りこむ　掛け歌也」

　亜雷の望むように、首を討ち取るかのような過激な歌で、眠れる魂を叩き起こす。ひたすら呪を舌に乗せて、八重は鉱物の柱の間を練り歩く。

　――そうして、気がつけば星のように輝く生き物たちは彼方へ消え、八重の前に四つ足の獣の骨だけが残っていた。

「事祈う　御名答えよ」

組み替えられた言葉が、勝手に八重の口から飛び出す。その直後、骨の獣は煌めきを放ちながら血肉を得た。白銀の毛を持つ虎だった。

色合いは異なるが、亜雷が綺獣化したときとよく似ている。縞模様は薄めで、とても神秘的だ。額の毛の模様が梵字のように読める。銀色の目の周りには黒っぽい隈取りもあった。

「──ああ、ありがとう。おれは栖伊。かつての本質の名はもう魂から削られてしまって、兄様に、この地で新たにそう名付けられた。それさえも失いかけていたとは……」

白虎が最後の煌めきをぶるぶると頭を振って払い落とし、そう言った。

(普通に返事をして問題ないのかこれ)

その判断を亜雷にしてもらおうと振り向いたとき、奇祭の場がもとの正常な状態に戻った。

「ええっ⁉ ……ごほっ」

──戻れば当然、泉の水も復活する。

一気に身体が水に包まれてパニックに陥る八重の腰帯を、白虎が咥えた。もがく八重を強引に連れて、水面へと駆け上がる。

ざぱっと飛び出して、白虎は八重ごと泉の縁へと降り立った。咳き込む八重を、耳を伏せて心配そうに覗き込んでくる。

どうやら一人でさっさと泉の縁に避難していた亜雷がこちらへ近づき、八重が摑んだまま忘れていた棒を奪い取った。それはいつの間にか、一振りの白太刀に変わっていた。カラーが異なるだけで、鞘の雰囲気は亜雷の黒太刀とよく似ていた。

「八重、どうだ？　弟の魂は無事か？」

ようやく息を整えたびしょ濡れの八重を案ずることもなく、亜雷が忙しない調子で尋ねる。

（私の扱い……）

八重は肩を落としながらも、両手の指で窓を作った。

そして指の窓越しに、栖伊と名乗った白虎の姿を映す。これは簡単な呪いで、真実の姿が窓に映る。べつのなにかに変じた化け物を見分けるときの初歩的なものだ。

窓に映ったのは、肩につきそうな長さの銀髪の男だった。瞳は、溶かした雪のような澄んだ銀色。虹彩に浮かぶ環紋は、五つ星そっくりだ。

体格は、亜雷とほぼ同じ。こちらの彼のほうが若干精悍な顔つきをしているだろうか。そのおかげで少々威圧的な雰囲気も感じるが、浮かべている表情はやわらかい。

着用の装束も亜雷と色違いだが、彼のほうは天衣がなかった。

「どうかな。おれの魂は変形していないか？」

銀髪の男……栖伊が楽しそうに、けれどもかすかな不安を匂わせて八重に問う。

八重は指の窓をずらし、直接栖伊を見た。そこにいた白虎が髭をそよがせて、指の窓から見た青年の姿へと変身した。

「……大丈夫です。魂は歪んでいないよ」

「そう。それはよかった」

栖伊が笑みを深める。

「間に合ったか」

亜雷も嬉しそうに唇を綻ばせて、先ほど八重から奪った白太刀を栖伊に渡した。これはどうやら栖伊の所持品らしい。

「おまえは八重というのかな？」

栖伊が、八重と亜雷を順に見て、優しく尋ねる。

「八重のおかげで、おれはこうして一時、正気を取り戻すことができた。感謝する」

「いえ、そんな。私は亜雷に頼まれただけだよ」

あたたかな目で栖伊に見つめられ、八重は戸惑う。

（え、優しい。亜雷の弟とは思えない）

この虎兄弟は、顔立ちと性格が逆だ。一見穏和だけれど実際は荒っぽいのが亜雷で、凛とした顔つきだがどこかおっとりしているのが栖伊。

「……あの、『一時』って、どういう意味？」

八重が疑問を口にすると、栖伊は目を伏せて微笑んだ。

「おれはたぶん、もう手遅れだ。一度の呪いではこの身の奇現をとめられないよ。またすぐに正気を失うだろう。……そうなったら誰であろうと襲ってしまう。……兄様に会えたのは嬉し

いが、一刻も早く逃げたほうがいい」

栖伊は悲しげに説明すると、不機嫌そうな顔つきになった亜雷を見た。

「先に封じられたのは兄様のはずだが——八重が兄様を解放してくれたのか？」

彼の問いに答えたのは、亜雷だ。

「俺は『奇祭』の対象にされて、毎年こいつに呪歌を投げ付けられていたんだよ」

「呪歌？　……祝い歌ではなくてか？」

いぶかしげに首を捻る栖伊へ、亜雷が皮肉な笑みを見せる。

「違う、呪歌だ。それも服従を強要する力強い歌だ」

そこで兄弟は同時に八重を見た。なにを考えているのか、二人の表情からは読み取れない。

「いや、あの。呪歌と言われても。私はただ、奇祭の使いに選ばれて、そこで教えられた歌を口にしていただけだから、決して亜雷を服従させるつもりは……。そもそもどんな意味を持つ奇祭なのかもよくわかっていなかった気がする」

張りつめた空気に耐えられなくなって八重がしどろもどろに弁明すると、二人は同時に息を吐き、苦笑した。

「……まあともかく、こいつが『従え従え』とうるさく訴えてくるだろ？　弱い人間のくせに俺をしもべにしたいとは、いったい何様なのかと腹が立った。しかも常磐堅磐の約定を望んでやがる。傲慢にもほどがある」

もっさりした前髪の間から覗く亜雷の目は、影になっているせいか、少し濁って見えた。

重みを感じるその眼差しと、たったいま吐き出された言葉の意味に、八重は気圧される。

（あれ。亜雷が私に剣を振り下ろそうとした理由が、ちょっとわかったかもしれない。廻坂廻りという奇祭の始まりも、亜雷とびひん様の封印がきっかけなんだよね……？）

実際、この奇祭は百年近く前から始まっていると聞く。もしも亜雷が本当に神仏の類いの存在なら、下位の立場の人間から毎年しつこく『永遠に服従しろよ』と強要されれば当然、腹も立つ。しかも封印された事情が事情だ。

八重に、亜雷を従属させるつもりは微塵もなかったが、無知は罪とも言う。

「だが八重の呪歌が結果的に俺の身から少しずつ澱を落とし、奇現の進行をとめた」

亜雷は身を屈めると、ふと雰囲気を変え、しげしげと八重の濡れた髪を見つめた。……どうせわかめっぽいとか思っているに違いない。

「ああ、何度も八重に求められることで、存在がはっきりして、清められたわけか……」

なるほどというように栖伊がうなずく。

「八重はどうも変わった魂を持っているようだね。たとえ一時にすぎずとも、堕ちかけのおれをこうしてもとに戻した。もしかしておれと同じ幸魂性か？……だがそれも妙だ、八重からは少しも神通力を感じない」

「こいつは無性だ」

横から亜雷が勝手に人の環性を暴露する。

「無性。それも珍しいな。無臭なのはそのためか」

栖伊が目を丸くする。

「いや、だがそうであっても、独特な魂だ」

栖伊は八重の魂を見定めるように目を凝らした。環紋の五つ星が、くるりと動く。

幸魂性は神通力持ちが多いので、怪異や神霊に関する事柄に精通している。

おそらく八重が前の人生の記憶を所有していることが魂に影響しているのだろう。

「栖伊が亜雷と兄弟なら……、栖伊もやっぱり、神なる者……ですか」

「そうなんだろうが、すべて遠い過去のことだからなあ」

栖伊は曖昧に答えた。

「いまのおれは、兄様が名付けた『栖伊』という存在だ。それだけだ」

「でも」

もとの自分に未練はないのだろうか。

思わず問いかけそうになったが、八重は急に寒さを感じてくしゃみをした。

夏の季節だとはいえ、山の中は空気がひんやりとしている。おまけに全身水浸しだ。濡れた衣が体温を奪ったらしい。虎兄弟のほうは、まったく濡れていない。

「これはいけない。……いま着ている衣は脱いで、これを羽織るといい」

親切な栖伊は、自分の袍を脱いで八重に寄越した。

この世界では、丈長の袍の下に肌着を身につける。襦袢のような作りの肌着だ。夏なら半襦袢タイプだったり袖なしの薄手のものを着る。男性は肌着なしの袍一枚ですごすこともある。

栖伊は袖なしタイプの肌着を袍の下に着ていた。

八重はなんとなく意識してしまい、目のやり場に困って視線を逸らした。彼は亜雷よりも精悍な顔立ちだが、それにしたって美しく、若々しい肉体を持っている。

「大丈夫、そのうち乾く」と、八重は遠慮し、栖伊にその袍を突き返す。

基本的にこちらの人々は、というより花耆部の民は厚着を好む。夏であろうと、水場以外ではあまり肌を晒さない。

男女ともに袍の作りが丈長なのは、ひとえに肌の保護のためだ。こちらの世界の動植物は生命力が強く、大きい。春夏などの草木がよく育つ季節では、下生えを掻き分けるだけで手足に切り傷がつくこともある。八重は、前の世の意識が邪魔をして、動植物のサイズに戸惑うことが多々ある。獅子並みに大きな犬と山中で遭遇したときは、その恐ろしさに絶叫せずにはいられない。部で飼育されている鶏なんかも余裕で二倍はある。卵だって大きい。

「……いや、だめだよ。女の身はか弱いものだ。着なさい」

ぐいぐい来る栖伊に焦って視線を彼に戻し、八重はぎくりとした。

先ほどはすぐに目を逸らしてしまったので気づかなかったが、肌着の襟から覗く栖伊の胸に痣のようなものが浮かんでいる。

八重は無意識に胸元を覗き込もうとして、さっと襟を直した栖伊に苦笑された。

「どすけべ野郎が」と嫌そうな顔をした亜雷にも手のひらで軽く頭をはたかれる。

「ちっ、違う。そんなつもりじゃない」

不名誉な誤解に八重は慌てふためき、首を左右に振った。

「あぁそうかよ、俺を屈服させたのも身体を撫で回したのも弟の裸を視線で舐め回そうとしたのも、全部そんなつもりはなかったってことかよ。あらためて罵ってやるわ。傲慢どすけべ野郎が」

「なんでだ！」

戦慄する八重の横では、栖伊が恥ずかしそうに片手で頬を押さえている。

「とりあえずそのへんで火を熾して衣を乾かせ。……この痴女があたりを祓って清めたから、しばらくは朧者も野生動物も近づかないだろうよ」

提案する亜雷から軽蔑の目で見下ろされ、八重は心に深い傷を負った。痴女ってなんだ。

栖伊からありがたく袍を借りたのち、泉が見える場所で火を熾していると、亜雷は「すぐに戻る」と説明になっていない説明を残して木々の奥へと消えた。

どうせなら革靴も乾かそうと、八重は紐を外し、それも火の横に置く。衣も靴も一時間あればほぼ乾くだろう。

八重と栖伊は焚火から少し離れたところに立つ古木の根元に移動し、そこで休息を取ることにした。夏でも麓より空気がひんやりしているとはいえ、さすがに火の前は熱い。

地面から飛び出ている根の上で膝を抱え、八重は一息つく。そばに座っている栖伊は傘のように広がる枝葉を仰ぎ、木漏れ日に目を細めていた。

その様子につられて八重も頭上を見る。時折通り抜ける風が葉を騒がせた。快い波音を思わせる葉のざわめきにしばらく耳を傾けたのち、再び栖伊のほうへ視線を動かす。

（これから、どうしようかなあ）

木漏れ日に彩られている栖伊の姿を見つめながら、八重はぼんやりと考える。日の位置を見るに、朧者との遭遇から数時間は経過している。

それならすでに美治部、花者部の両方に、八重たちの行列が朧者に襲撃されたという知らせが入っているだろう。その際に八重が行方不明になったことも伝えられたはずだ。

今後のことを考えるだけで億劫になり、八重は溜め息を押し殺した。

一息ついたことで、いままで意識の外にあった疲労感も急に押し寄せてくる。瞼も重い。

皮肉な話だと八重は思う。他人の負担にならないよう、輪の中からはじき出されないよう、真面目に生きてきたのに、すべて失う結果になっている。

じゃあいままでの努力や我慢は全部無駄だったのだろうか。

――努力しているから、我慢しているから私に振り向いて。「ここにいていい」ではなくて「いてほしい」という一言がほしい。その求めすぎる重い心が無意識に強く滲んでいたのか。

(なにもかも報われるはずはないって、わかっているつもりだったんだけれどなあ)

なんだか自分の存在がすごく見苦しく感じる。そう気づいたことが、なによりつらい。

(あーだめだ。ネガティブになっているときに考えすぎると、ろくなことにならない)

八重がこめかみを押したとき、栖伊がこちらを向いて、思いがけず真剣な表情を浮かべた。

「なあ、八重の着ていた衣は、花嫁が身にまとう衣装のひとつのような気がするが……」

できればこのまま葬りたかった話題をストレートで持ち出され、八重は抱えていた膝にがっくりと顔を押し付けた。

「もしかして兄様に嫁いだのか? 贄的に」

「贄的て」

なにを真顔で問うのかと思いきや……と、八重は栖伊の発想の突飛さに引いたが、そういえば亜雷が先ほど自分たちの出会いについてを説明していたのだ。八重の身は奇祭で奉じられた供物だと思われてもおかしくはない。

「違う。……でも、なぜか亜雷は私に恩義……真っ先に殺されかけたけれども、たぶん恩義……？　らしきものを感じたみたいで、隷従すると言ってくる。本当にかしずいてもらいたいわけじゃないから、好きに生きてほしいんだけど」

あなたの兄様の暴走をとめてほしいという思いで八重がぼそぼそと申し立てると、栖伊は少し考える素振りを見せてから、にこりとした。裏のない笑みに、八重は毒気を抜かれる。

「兄様の考えは兄様にしかわからない。だがおれもおまえには恩義を感じている。兄様がおまえに従うのなら、おれもやはり跪こう。……といっても、おれはいつまた正気をなくすかわからない役立たずだが」

その穏やかな表情と自虐めいた発言の落差に、八重は戸惑った。

「それで、花嫁衣装のひとつを着用していたのはなぜだ？　誰かに嫁ぐところだったのか？」

八重は眉を下げた。思いもよらぬ出来事が連続し、八重自身もまだ完全には心の整理がついていない。

「一応は、嫁ぐ予定があったんだけど……私だけじゃなくて他の女性も一緒にね」

「集団結婚か？　……もしかして八重の暮らす部は、他の部に蹂躙されたのか？」

心配そうに問う栖伊に、八重は慌てて否定した。

「違う違う。同性婚のしすぎで、嫁ぐ側の部に問題が出たんだよ。奇現が増加したんだって。うちの部も環性の偏りを解決するために、他の性の血を入れたいって話になったんだ。それで、互いの部から十人ずつ民を交換するんだよ。こっちは女性を送って、あっちからは男性ね」

「ふーん……？　同性婚の繰り返しで環性が偏るというのはわかるけど、奇現の増加にも関係があるのか？　騙されていないか、それ？」

栖伊が疑わしげに呟いて、顎に指を当てる。

「本当に相手の部から圧力をかけられたわけじゃないよ。……そういえば、平原の多い国では侵略による集団結婚が多いんだっけ？　亥雲は山地の国だから、もともと部同士の結束があまり強くないんだよね……。せいぜい商人が物を売りに来るくらいで」

九十九折りの険しい地形が自然の盾となり、部同士の争いを減らしている。だが利点ばかりではない。行き来のしにくさが原因で、よそと交流が絶えて孤立する部も多く、人口の減少問題などに悩まされるはめになる。

「私や女性たちは、迎えに来てくれた夫候補と、そっちの部へ移動するところだったんだけれど、途中で朧者に襲われて、その——皆とはぐれたんだよ」

わずかなプライドが邪魔をして、置き去りにされた事実をはっきりと口に出せない。

だが、八重の表情と雰囲気で、そのときになにがあったかを栖伊は正確に察したようだ。

「それは災難だった。だがそのことで八重が心を痛める必要はないよ。花嫁を守れぬ軟弱な男のもとに嫁がずにすんでよかったと、喜べばいい。夫なら死しても妻を守るものだ」

彼は本当に亜雷の弟なのか。気遣い溢れる慰めが胸にしみる。

「いや、私は……亜雷が言った通り無性だよ。私の部は和魂性に偏っていて、嫁ぐ予定の部は荒魂の民で形成されていた。私以外の女性たちは皆、和魂の環性だもの。荒魂の彼らが彼女たちの安全を優先するのは本能のようなものだってわかってる」

八重は次第に気恥ずかしくなって、つい言わずともいいことを口にした。先ほどは誰かに肯定されたいと思っていたのに、実際に望んでいた言葉を差し出されると怯えてしまう。

「だから八重が犠牲になるのはしかたがない？　おれはそうは思わないが……まあ、その男たちにとってはそうなのかもしれないな」

八重の軽薄なごまかしにも栖伊は真剣に答える。――真剣だったからこそ、美治部の男がとった行動を栖伊が否定しなかったことに、八重は胸がざわめいた。

先に彼らを庇うような言い方をしたのは八重のほうなのにだ。

(私は、私を見捨てた彼らを本音では批判してほしくて、わざと反対の言葉を口にしたのか)

自分は物わかりのいい顔、寛容さを見せておきながら、栖伊には逆の反応を求めている。

でもそこで、期待した反応を得られなかったため、がっかりしたのだ。

そんな卑怯な自分に八重は苦痛を感じた。

「だが、八重が自分の価値はこの程度だと決め付けているのなら、まわりもいずれ流されて、そう思うようになる。八重は、それでいいのか」

栖伊が厳しくも、宥めるようにも聞こえる声音で言う。

「……よ、よくない……！」

八重は、つっかえながら答えた。

「なら八重だって、他の女性のように優先されていい。そうだろう？」

軽やかに言われて、八重はぎゅっと口を引き結ぶ。

現実的に八重は美冶部の民に切り捨てられている。そこはもう起きてしまったことであり、今更変えられはしない。だが栖伊は八重がそのときに感じたやるせなさを、美冶部の男たちの考えも飲み込んだ上で認めてくれている。

八重がずっとほしかったのは、こういう肯定ではなかったか。

「……栖伊も、役立たずじゃないよ。すぐに正気をなくしたとしても……、いい」

八重は感謝を伝える代わりに、栖伊から目を逸らしてぼそぼそと言った。

「そうかな。……八重はわかりやすくて、愛おしい子だなあ」

「はあっ!? 愛おしいって……！」

ぎょっとすると、なにか変なことを言ったかというように栖伊は目を丸くする。

（あぁわかった、神様目線かあ！）

八重は、焦ってしまった自分を恥じると同時に、栖伊の言いたいことを把握した。短い命を精一杯燃やして生きる愛しい有情の者たちよ、みたいな高みからの価値観による発言だろう。

一瞬期待してしまったじゃないか……と少しばかり恨めしくなったが、冷えていた胸に熱が灯ったような気もする。

「――なあ、兄様ならどうする？」

ふと栖伊が顔を斜めに向けて、楽しげに尋ねた。

はっとしてそちらに視線を投げれば、両手に灰色の毛の野兎を数匹ぶら下げた亜雷が古木の根に足をかけて八重たちを見下ろしていた。いつ戻ってきたのだろう。

「なにがだよ？」

眉をひそめる亜雷に、栖伊が笑いかける。亜雷の上にも木漏れ日が等しく降り注いでいる。

「妻を置き去りにして逃げる夫に、なんていう言葉をかける？」

「死に晒せ軟弱野郎」

それ以外にあるのか、と嫌悪丸出しの表情で言い捨てて、亜雷は焚火のほうへ行ってしまった。そこでさくさくと兎をさばく。

栖伊は声を上げて笑った。

「兄様は過激だな」

「……栖伊なら、なんて言う？」

小声で尋ねると、栖伊は企むような表情を浮かべた。

「おれは、争い事は嫌いだが……、腸を見せろ、かな」

この二人が紛れもなく兄弟であることを実感した瞬間だった。

どちらも同じくらい過激だ。そう引きつつも、先ほどまでの苦しい気持ちはいつの間にか八重の胸から消えていた。


「それにしても、朧者がわざわざ婚礼の列を襲いに現れるのか」

枝に刺して焼いた兎肉を食べながら、栖伊が深刻な口調で呟く。

「命が芽吹く春の季節になら、多少は朧者が増加する。でもいまは七の月だろう？　この時期に、集落に近い位置に群れをなして現れるのは珍しいことだ」

八重は兄弟を順番に見て、兎の肉を炙りながら口を開く。

「失礼な質問をするけれども……二人とも、程度は違えど奇現に罹っていたんだよね？」

「こっちの世へ流れてきて、自由になったばかりの頃はな。でも石碑に封じられてからは、奇現よりも、身のうちにわく恨みが生んだ穢れのほうが、俺にはきつかった」と、淡々とした口調で答えたのは亜雷で、そんな彼を栖伊は尊敬の眼差しで見ている。

「兄様は自分に『亜雷』と新たな名を付けることで、奇現の症状を癒やしたんだ。おれにも同じように名付けて止めてくれた」

「な、なるほど……」

八重は少し考えた。

（亜雷の一部を、私が『黒葦』と名付けて呼んでいたことは、どうなるんだろう）

それはひょっとして、亜雷にあまりよくない影響を与えていたのではないか。唐突にそのことに気づき、八重は恐る恐る亜雷のほうをうかがった。

「だが、兄様が封じられ、おれもまた同じ目に遭った。おれのほうが、失意が強かったせいかな、あっという間に奇現が再発したようだ。今度は、もう祓い切れないだろう」

名付けの効力が失せた、という意味だろうか。

自分の死を見据えながらも、栖伊の表情は穏やかだ。いや、諦めているだけにすぎない。

「できれば早めに、兄様に殺してほしい。朧者には変わりたくない。変形する以上に、堕つ神になるのが嫌だ。おれは神通力が強いほうだから、自我を失って朧者になればかなりの大厄をばらまくようになるだろう」

大厄という言葉の不気味さに、八重はぞわりとした。

「朧者だっていずれは野に還るけれど、神通力の強さが死を迎えるまでの期間を長引かせるに違いないよ。そうなったら、その間におれはきっと堕つ神扱いされるんだ」

堕つ神と呼ばれ続ければ、言葉に力が乗って、本当にその存在に成り果てる。

基本的には、人々が朧者に厄、恐れ、恨みなどの意味を付加させたものが堕つ神だ。だから奇祭を催し、封じる。ただしこの世界における人々の、神々や魔物、呪いに対する定義がひどく曖昧なため、前身が朧者でなくとも、大禍をもたらす存在は皆まとめて堕つ神扱いされる。

（定義が曖昧っていうより……世界全体がまだ整っていないっていうか）

だからこそ、『名付け』行為に重い意味が生まれる。名付けの重要さをようやく人々が認識し始めたというところだ。

「……これ、最後の晩餐かな？」

と、栖伊がまったく笑えない冗談を言った。

「俺は、おまえを殺すためにこいつを連れてきたんじゃねえわ」

亜雷は、しんみりした空気を無視し、兎肉を刺していた枝の先端を八重に向けた。

「この女は無性だからそもそも奇現に罹らねえって理由もあるが。驚くほど魂がつるりと丸い。しかも洞児だ」

二人の無遠慮な視線に晒され、八重はびくりとした。

「洞児は生じたばかりの頃なら、いまの八重と同じように魂が完璧に丸い。こちらの世界に染まるにつれ環性が現れて、多少なりとも魂が変形するもんだが、こいつにはそれがない。そのせいで無性のままだ」

亜雷の説明を聞いて、八重は考え込む。それは前の生の記憶を保持していることと関係がある気がする。魂に、新たな自我が芽生えるスペースがないのだ、きっと。

「おそらく八重は無意識の中で、『奇現なんぞありえない、罹るわけがない』と思っている。環性についても『なんだそれ、変なの』っていう認識なんだ」

「まさかいま、私の声真似をした？　私そんなゆるい声？」

引く八重には取り合わず、亜雷は真面目な顔でぽいと枝を放り投げる。

「だからこっちの世にある、すべての病に感染しない。……いや、八重が『ありえない』と感じる病のすべてに、か。俺は、もしかしたら八重の魂に刻まれているその感覚が、栖伊の奇現も治せるんじゃないかと思っている」

「……はっ⁉　私が？　私、ちょっと名付けができるだけで、医者じゃないんだけど」

「医者も生まれたときから医者じゃねえだろうに」

とんでもない屁理屈を披露された。

「私が無意識に全否定しているから、それが免疫の役割を果たしているって意味？　その免疫が、他の人にも効果を発揮する可能性があるということ？」

混乱しながら八重が口早に尋ねると、亜雷は微笑んだ。

「おまえは理解が早い」

八重にとって、その言葉はあまり称賛にはならない。便利な存在、というマイナスイメージにつながる。

「でもその理屈だと、私が一度奇現を受け入れたら、免疫も消失するってことにならない？」

「ならない。おまえはとっくに、頭では奇現が存在することを認めているだろ」

亜雷は断言した。

「俺が言っているのは、魂の在り方だ。本能と言い換えてもかまわねえ。それがこちらの世にある変形を寄せ付けない。後天的な知識が、先天的な感覚に敵うわけがないんだよ」

言い負かされて、八重は息を詰めた。

(やっぱり私が前の人生を忘れていないことが関係しているんだ)

発熱や頭痛などなら前の世界でも体験した。でも奇現という病は存在しなかった。八重の魂はいまだ前の世の色をしているために、奇現に染まらない、存在しないものに左右されるわけがない、ということなのだろう。

「試しに八重、栖伊に触れてみろ」

「触れる？……って？」

警戒する八重から栖伊へと亜雷は視線を動かし、「栖伊、脱げ」と顎で示した。

栖伊は幾分渋ったが、再度亜雷に急かされて、諦めたように肌着の前を開く。

八重は動揺しながらもつい気になって彼の胸部をちらちらと見た。その後、恥じらいを忘れて凝視する。袍を借りたときにもちらっと見たが、彼の胸にはやはり異変が現れていた。

「奇現が臓腑まで浸透している……」

八重の独白に、栖伊は苦笑する。

「だから、もうおれは長くないんだよ。ここまで症状が出てしまったら治せない」

そう言って栖伊は、蓋でも開けるかのように、黒ずんだ胸部の皮膚をばりばりと開いた。

八重は一瞬、ひっと仰け反ったが、

「これは――」

と、すぐに彼の胸部から目を離せなくなった。

たとえば風邪や頭痛にも種類があるように、奇現もまたいくつかのケースに区別される。自我をなくして朧者となるときもあれば、老衰の果てに罹るときもある。老衰による発病は『奇還』とも呼ばれ、見た目が変わって巨大化しても暴れない場合が多い。

死に至るまでの流れは違っても、最終的にどうなるか、という点においては変わらない。

こちらの者たちの死とは、独特だ。

尽きた命は、自然に還る。肉体は変形し、膨れ上がり、血肉が溶け出す。やがて骨は石木化し、そこに尸蟲がわくようになる。奇現に罹った肉体のみに寄生する蟲だ。

稀に、先に蟲がたかったり、血肉が失われるパターンもある。

――目の前の栖伊もまた、すでに病の重さを示す症状が身に現れ始めていた。

腹部の血肉がごっそりと失われ、骨が見えている。

その骨がまるで錆び付いているかのように変化している。臓器のほうは石化と縮小が見られた。骨には小さな尸蟲がびっしりと張り付いていた。

蟲といっても、いわゆる「昆虫」の形態とは異なる。喩えるなら、繭だ。光沢があるため、純白というよりは白金に近い。サイズは小指の爪程度で、一部がうっすらと水滴のように透き通っている。硬化すればするほど不透明さを増し、白金の色に近づく。

（こんなふうになっていたのか……）

奇現に冒された者の体内を間近で観察するのはこれがはじめてだ。正直なところ、もっとグロテスクな状態を覚悟していたので、意外と平気な眺めに八重は戸惑った。少し不気味だが、それ以上になんだか箱庭の森的な、静かな雰囲気がある。臓器のほうも赤茶色の石が詰め込まれているような感じなので、人体という印象が薄い。

「い、痛み、とかは……？」

八重は細い声で尋ねた。

「もうないよ」

栖伊は困ったように答えると、枝化しつつある胸骨に指を這わせた。

「私が触っても大丈夫？」

「いいけど――やめたほうが……いくら八重が無性でも、直接触れば感染する恐れがあるよ」

控えめに気遣ってくれる栖伊に、八重は曖昧に笑う。

（さっき亜雷が予想していた話、正しいかもしれない）

理性の部分では、奇現という病気を認めている。が、感覚の部分では、「やっぱりありえないわ。私の知る病気じゃない。魔法っぽい」という感想のほうが先に立つ。

八重は繭を、つんとつついた。あっ、と栖伊が動揺した声を上げる。

何度か八重が繭をいじると、骨に絡み付いていた糸が切れて、ころっと外れてしまった。

八重は手のひらに転がってきた繭を、つい指で揉んだ。硬いのかと思えば、ふにふにしていて、なんだかグミのようだ。その思いがけない感触に驚き、とっさに指を離してしまう。

落下した繭は、触ったときはやわらかだったはずなのに、地面の小石に衝突した瞬間、こんっという硬い音を立てた。

恐る恐る拾い上げてみて、八重は再び驚く。つまんだところがへこんで、ややビーンズ形になっていたが、骨から外れたことが原因か、繭は完全に硬化していた。

(本当に白金の塊みたいだ)

このまま宝飾品にできそうな美しさがある。どういうことなのかと静かに混乱する八重の手から、亜雷がその繭を取り上げる。

「兄様、感染する！」

慌てる栖伊に、亜雷は目を向けることなく言う。

「いや、もう心配ない……完全に金属に変化している」

その後、短い沈黙が流れた。

骨に寄生した尸蟲は孵化後、どこかへ消えると聞くが、草木に生命力を復活させる力があるとも言われている。確かに朧者が野に還った一帯は、大地の力が蘇生する。それが恵みに変わり、人々の生活を支えてきたといっても過言ではない。

だが尸蟲が、こんなふうに金属化するとは聞いたことがない。

「さあ、俺の弟を手当てしろよ、八重先生」

顔を上げた亜雷がすこぶる素敵な笑顔を見せていった。

八重は呆気に取られた。まさかここで彼にも先生呼ばわりされるとは思わなかった。

できるわけがない——と言いかけて、栖伊が見つめていることに八重は気づく。栖伊の、諦めかけていた穏やかな瞳に少しだけ期待の輝きが浮かんでいたが、八重の表情を見ると、彼は困ったように瞼を伏せた。

「……いや、無理はしなくていい。おれは死んだってかまわない」

その言葉は、八重には「死にたくない」と聞こえた。

死にたくない。生きたい。

身体の奥底から迸るような、そういう強い感情を八重はすでに知っている。

「や、やりますよ。やりますとも。奇現専門の医師とは私のことだ」

八重は、自棄になって叫んだ。視界の端に、小さく笑う亜雷の姿が映った。

よ、小夜嵐の吹き荒れる与太話

八重が乾いた衣を着直し、袍を栖伊に返したあと。手当ての前にまずは身を落ち着ける場所を探すほうが先決だ、と栖伊が主張した。

だったらもう少し西側へ移動するかと答えたのは亜雷で、それに八重は待ったをかけた。

「これ以上西へ進むと茶江馬山が見えてくる。そちらは禁域扱いだよ」

正確には、茶江馬山の北側以外はすべて禁域指定にされているため、その付近までも「近づかないほうがいい」という暗黙の戒めが民の間に広がっている。

「だからいいんだろ。滅多に人が近づかねえ」と、亜雷は取り合わない。

「許可なく禁域に入れば神々の怒りを買う。神罰がくだる」

怯える八重を、彼は鼻で笑う。

「俺がその、神仏の類いの存在だぞ。罰がどうした」

この男、話にならない。

奇現を感覚の部分で「ありえないもの」扱いしていようとも、山神や川の神といった「実体は不明ながらも昔からなんとなく恐れられてきたモノ」については八重だって普通に怖い。前の世でもそこは同じだ。

「なにが起きるかわからないし、危険の中に飛び込むような真似はしないほうがよくない？」

援軍を求めて栖伊に視線を投げたが、残念なことに彼も兄と同類だった。

「おれも兄様も危ういモノにはすぐ気づくし、山にまつわる禁忌の種類もおよそは知っているから、そんなに案じずとも大丈夫だ」

宥められても八重が渋っていると、とうとう焦れた亜雷が金虎の形に変じた。心なしか、額に浮かぶ梵字の模様が苛立ちを示すように、うねうねしている気がする。

「ほらほら、乗った」

栖伊が八重の身を持ち上げ、金虎の背に乗せる。

「はいこれ兄様の、預かってね。おれのも」

二振りの剣を強引に八重に握らせて、栖伊は自分も獣形に変身する。亜雷は金の毛並み、栖伊は白銀の毛並みで、本当に神秘的な兄弟だ。

白虎は鼻先をとんとんと八重の膝に押し付けてから、のっそりと歩き出した。八重を乗せている金虎も進み始める。

八重は抵抗を諦め、心の中で祈った。

（祟られませんように）

山には様々なモノが棲息する。人も暮らせば、人であらざるものもまた暮らす。

はじめは不安な思いで金虎の背に跨っていたが、枝葉からこぼれ落ちてくる日の光を浴びるうち、彼ら兄弟を頼ってもいいのかもしれないと八重は少し考えをあらためた。

山にまつわる禁忌を知っているという栖伊の言葉は、嘘じゃなかったようだ。彼らはやけに遠回りをしたり、かと思えば同じ場所をわざと何度も通ったり、果てにはそちらを見るなあちらを見るなと八重に口うるさく注意したりと、一見謎に思える行動をたびたび取った。

（茶江馬山が視界に入るようになると、奇物の数も急に増え始めた）

八重は、耶木山の西の区域には来たことがなかった。基本的に花耆部の民は生まれ育った地から出ない。耶木山の南側の所有権は花耆部にあるので、そちらでは多少狩りも行われるが、あとはせいぜい収穫物を売りにいく程度だ。

大半の区画が禁域指定されている茶江馬山は、神々のもの。人は祟りを恐れ、手を出さない。

虎兄弟はどうやら西側の、幅広の河が通る谷間へ向かっている。

そちら側は崖が多く、険しい岩壁が視野を占領する。かつては金が採掘できたので坑道跡も見られた。ただ、すぐに資源が枯渇したために現在は閉鎖されているという。

（坑道があるってことは、以前はこのあたりに刑場も設けられていたはずだ）

落盤事故や火災などといった危険の多い坑内で労役につくのは、罪人がほとんどだ。

労役の場にはどうしたって死の臭いがこびりつく。その結果、坑道付近も禁域扱いされることがある。ここらに民が近づかないのは茶江馬山が目視できるという理由だけではなく、こうした後ろ暗い事情も隠されているからだろう。

民の中には、夜の闇は鉱坑からやってくると本気で信じている者もいる。

また、人の寄り付かない、忘れ去られた場所で育つ動植物は巨大化する。奇現にも罹りやすくなる。それが、さらに人を遠ざける原因になる。

絶壁に近い崖を駆け下りたのち、ふいに虎兄弟が歩みをとめた。兄弟ともに毛がざわわと警戒するように波打っている。

「何事?」と八重もつられて緊張する。怖々と前方を見遣れば、木々の隙間から横長の、真っ黒い物体が覗いている。大怪獣クラスの大きさを持つ芋虫の出現か――と思いきや、それは『機関車』の奇物だった。

「大丈夫だよ、あれは生き物じゃない」

八重は安心させるためにそう言って腕を伸ばし、金虎の頭を撫でてやる。

「俺は怯えていない」と、金虎が少し振り向き、むっとしたように言う。

「おれは驚いたよ」と白虎が、金虎の背上の八重をまばゆげに見上げる。撫でてやりたいが、無理をしてそちらへ腕を伸ばすと金虎の背から転がり落ちてしまいそうだ。

「ここらへんって、欠けや割れの少ない奇物が多いね」

八重は顔の横を通った、蜂ほどもサイズのある羽虫を怖々と手で追い払いながら呟いた。奇物もだが、見かける虫も少しずつ大きさを増している気がする。

「あっちにある奇物は……まじか、カップ麺の容器か」

「かっぷめん……？」

兄虎の隣に並んだ白虎が、鼻をひくひくさせて尋ねる。八重は笑みを返して答えた。

「食べ物を入れる器みたいなやつ。……おっとあれは、待って大きい大きい。柱かと思えば、歯ブラシの残骸が地面に突き刺さっている」

「はぶらし……？」

「歯を磨く刷毛のこと。向こうにあるのは珈琲カップかな。嘘、あっちはマトリョーシカ？」

「こーひーかっぷ。まとりょー……しか」

白虎がたどたどしく八重の言葉を繰り返し、髭をみょんみょんと上下に動かす。愛嬌のある動きだが、白虎は大真面目だ。

「奇物か……。兄様、気を付けてくれ。朧者もあたりに潜んでいるかもしれない。朧者は奇物を好むよ」

「奇物の墓場だな」

金虎が皮肉なニュアンスで呟いたとき、八重の目に赤い奇物が映った。

それを二度見し、「うんん!!」と、唸る。

「な、なんだ八重」

「朧者か」

八重の大仰な反応に驚いた虎兄弟が、ピンッと耳を立てて動きをとめる。

「ごめん、違う。そうじゃなくて、懐かしいものを発見したから、つい」

八重が見つけた奇物は、かつての世ではたぶん知らぬ者はいないだろうというほどポピュラーな、赤いデザインの某炭酸飲料水の缶だ。

大きさは、二階建ての一軒家くらい。地面にめり込んでいる箇所はすでに石化が始まっており、下部には大人が立ったまま通れるくらいの、大きな穴が空いている。

(きちんと手入れをすれば、住処にできるかもしれない。プルタブのある側が下になっているから、缶の『底』に穴が空いていなければ、天井の心配もしなくていいし)

という八重の心の声を聞いたかのように、金虎がちらっと振り向いた。

「あの奇物が気に入ったのか」

「う、うん。まあ……」

金虎はとことこと缶の奇物に近づく。その横には蓋付きのガラス瓶の奇物があった。大きさは小屋程度だ。

(河が近いから、漂流した奇物の一部がここに溜まったのかな)

その缶の他にも椀や、動物形の陶器の貯金箱、横倒しになっているポストなど、家屋として使えるだろう奇物が木々の間に点在していた。小規模の集落を作れそうな雰囲気だ。

「おれが中を見てこよう」

白虎は頼もしい口調で言うと、缶の穴から中へ忍び込んだ。

八重は金虎の背からおりて、あたりの様子をうかがった。自分たち以外の民の気配は感じられない。野鳥の快い囀りが耳に届く。

いくらも経たないうちに、白虎が缶から出てきた。

「蜘蛛の巣がすごかった。酷い目に遭った……」

と、切なく言う栖伊の身は、確かに蜘蛛の巣塗れだ。八重は微笑みながら毛に付着している糸を払ってやった。

「中で誰かが暮らしていた形跡があったよ。古い生活用品が残っていた」

「少し前まではここに集落があったのかな」

八重の問いに、白虎は左右の髭をひょこひょこと交互に上げ下げした。

「違うだろうなあ。向こうの崖に坑道の入り口が見える。一時的に労働者が住処としていたのかもしれないね。中にある道具はどれも古く、埃が積もっている。少なくとも数年は人の手が触れた形跡がない」

「山賊が住み着いていた可能性もあるんじゃねえか？」

そう尋ねたのは、人の姿に戻った亜雷だ。

彼のほうを見て、白虎もまた獣の姿を解き、人へと変じる。

彼ら兄弟は、人の姿も華やかだと八重は思う。

(神様みがすごい。いや、もとが神仏的な存在って知っているからそう見えるのか……)

八重は目がちかちかした。

「その可能性は低いと思うが……どちらにせよ、ここへはしばらく人が来ていないよ」

栖伊が、まだ髪にくっついていた蜘蛛の巣を払い落としながら言う。

八重は少し考えた。それなら当分の間、ここを仮の住まいとして利用できそうだ。朧者や山賊、猛獣の襲撃がなければだが。

(といっても私、他に行くところがないしなあ)

無性でなければ、と八重はちらりと思った。

無性でさえなければ美冶部の民に見捨てられることもなかった。……ないはずだ。

「……危険のないうちに、栖伊の手当てをしようか」

八重は胸に広がる暗い思念から目を逸らし、栖伊に微笑みかけた。


「どうぞ、好きなようにしてくれ」

ごろっとしたいびつな岩のひとつに腰掛けた栖伊が、優しい声で促した。

奇現は通常の病とは違うと承知しているが、微笑みながらぱかりと胸部の皮膚を開かれると、なんとも言えない気持ちになる。

八重は気を取り直し、栖伊の胸部に顔を近づけた。

「皮膚が硬くなっているね」

開いた胸部のまわりを指で確かめると、ざらざらとした樹幹のような感触がした。

（手当てといっても、どうすればいいのか）

亜雷の口車に乗せられる形で「やってやる」と豪語したが、八重に医学的な知識はない。いや、奇現の治療に、かつての世の医者が持つような専門知識は不要だ。

「内臓の大半が蟲に食われてんな」

隣に来た亜雷が眉をひそめて言う。

八重は冷静に栖伊の体内を観察する。生き物の体内のはずが、臓器が石化、骨が枝化しているために懐中時計の構造でも見ているような気分になる。

「蟲を全部除去すれば治るんじゃねえのか？」

八重の困惑に気づいてか、亜雷が助言する。

（大雑把すぎる助言だけど、案外真理をついているかもなあ。前の世だって、外科手術では悪性の腫瘍を切除したりしていたわけで……）

他に方法はなさそうだし、やってみるしかないか。

「……また素手で触っても大丈夫？」

真剣に八重が確認すると、栖伊は欠伸をしながら答えた。

「八重なら感染の心配もなさそうだしね、平気じゃないかな」

「本当に痛くないのかっていう意味だよ……」

「ないない。いいよ、どんと触って」

この弟、呑気すぎない？　と八重は心の中で呟きつつ、帯に挟んでいたハンカチ代わりの布を取る。そういえばさっき栖伊が食べた兎の肉はどこへ消化されたのだろう。飲み込んだ瞬間、すっと消えたのだろうか。

骨に絡みついている繭めいた尸蟲を布で拭うも、中には頑丈なものもあり、取り切れない。骨から落ちた繭は、やはり最初の一粒のように、白金の塊に変化する。

ピンセットで全部つまみ取ってやりたい……。

八重が尸蟲と格闘していると、さっそく観察に飽きた亜雷が、「そのへんを偵察してくる」と言って虎に変わり、八重たちの返事も聞かずに木立の向こうへ駆け去った。

八重は視線を栖伊の体内に戻す。除去し切れぬ繭の中に、ひとつ、全体が透明なタイプが潜んでいた。その繭の内部に、蚕のような白い虫が入っている。

不思議に思って、つんと、指先でつついた瞬間、その透明な繭が割れた。

「えっ⁉」

八重は仰け反った。割れた繭の中から蚕めいた虫が飛び出し、地面に転がり落ちる。そして、ぐんっと人間の子どもほどの大きさにまで巨大化した。白い胴体に、顔には犬の頭蓋骨の面をつけていた。

「す、栖伊！」

八重はその、化け物じみた尸蟲を見つめたまま、震える声で呼びかけた。おそらくこれは、尸蟲の親玉的存在じゃないだろうか。いわば女王蜂だ。

しかし栖伊は、胸部を庇うように丸まっており、返事をしてくれない。まさか絶命したのかと慌ててそちらへ目を向けたとき、尸蟲が蚕に似たその胴体をくねらせた。逃亡する気だ。

「とまれ!!」

八重はとっさに叫んだ。とまれといって素直にとまる者などいない。そう思ったが、尸蟲はぴくっと身を揺らし、犬の骨の面を八重のほうへ向けた。

「よばれぬちにく」

と、尸蟲が告げた。

（しゃべるのか⁉）

八重は言葉の意味を考えるより先に、尸蟲が口をきいた事実にぎょっとした。

「よばれぬめだま」

「な、なに？」

「よばれぬくち」

「呼ばれぬ口……?」

「よばれぬかみよばれぬはなよばれぬてよばれぬあし」

尸蟲は抑揚のない、嗄れた声で呟き続ける。男とも女ともつかぬ、不思議な声だった。

「よばれぬはらわたよばれぬものいみなきものちりぢりこーごめこごめ」

「……この者は栖伊という!」

八重は尸蟲の言葉にかぶせるようにして切り返した。尸蟲が、言葉で栖伊に「なき者」という呪いをかけようとしている。そう思ったからだ。

「かつては麗しき神か仏か。渇仰されし異域より華々しく降り立ち活火の如く現れた者である。私は繰り返し呼ぶ。この者は形有り。凝らぬ者、屈まらぬ者。呼ばれる形を持つ者である」

八重がとっさに述べた口上は、自分がこの世界に活現して救出されたのち、花耆部の長加達留から祝い言として聞かされたものだ。実際はもっと長ったらしく難解だった気がする。覚えている部分をアレンジしたにすぎない。

「彼は栖伊という。この地に形持つ者である」

呪に呪で返した直後、不思議な現象が発生した。

尸蟲を中心にして、地の下生えに霜がおり始めた。空気も真冬のように凍え、吐き出す息まで白く染まる。気がつけば、周囲には雪が降っていた。視界を遮るようなぼた雪だった。

睫毛に載った雪片を払って瞬きをしたあと、八重は、あっと息を呑んだ。

八重の両隣を、黒漆の膳を掲げた人影が列をなして歩いていた。

影の形は、曇りガラス越しに見ているかのようにぼんやりと輪郭が滲んでいる。しかし、影が掲げる黒漆の膳だけは、はっきりと見て取れる。その上に載っていたのは、ごろりとした灰色の石だ。朱色で「血」と大きく記されていた。

どの膳にも似たような石が載せられている。「一ノ肉」「二ノ肉」「一ノ臓腑」「二ノ臓腑」「一ノ骨」……すべての石にそういった文字が書かれており、八重は呆気に取られた。

膳を掲げる行列は、八重を囲むようにして反時計回りに巡っていた。いや、前方に佇む蚕めいた尸蟲に膳を届ける形で巡っている。

尸蟲は次々と運ばれる膳の石を食べていた。八重はしばらく硬直してから、顔色を変えた。

「それはあなたに捧ぐ血肉ではなく、栖伊のものだ。返して」

行列がぴたりととまる。

「ここに凍えるものはない。早く返して」

繰り返し要求すると、降り注いでいた雪までもが空中で停止した。

もう一度、八重が「返して」と言えば、時間を逆回転させたように雪が天へと戻り、行列もまた反対側へ巡り始める。すると尸蟲が、癇癪を起こしたように暴れ出した。唸り声を上げ、行列の影を太い胴体で弾き飛ばし、地に転がった黒漆の膳を踏み潰した。

そして、八重に突進してきた。

「いや無理、待って、来ないで！　私戦えない――亜雷！　亜雷、来て!!」

八重はとっさに亜雷の名を叫んだ。

その直後、背後から疾風のように、黒太刀を咥えた金虎が駆けてくる。尸蟲を前肢で軽くいなしたのち、虎は人へと変じて黒太刀を鞘からすらりと抜き取いた。尸蟲の首を一刀両断する白刃の鋭さが八重の目に閃光のごとく焼き付く。流れるような動きだった。

頭部を飛ばされた尸蟲の身が破裂した瞬間、激しい風圧に襲われる。八重は目を瞑り、顔を両腕で覆った。すぐに腕をおろし、場の状況を確かめる。

雪は、やんでいた。夏の気配も元通りになっている。

黒太刀を手にさげる亜雷の背中が前方にあった。頭部をなくした尸蟲の胴体もあった。

「亜雷、その尸蟲は――！」

八重が慌てて駆け寄ろうとした途端、尸蟲の胴体がどしゃりと雪崩のように崩れた。いや、白金の粒に変化して崩れ落ちたというべきか。

粒といっても、それぞれの大きさは胡桃の実ほどある。形もそれに似ていた。

亜雷が刀身に残った穢れのような黒い滓を振り落とし、惚けている八重に顔を向けて「よく言った」と告げた。

なんの話かと戸惑ってから、尸蟲の呪に対してこちらも呪で返したことを褒められたのかと理解する。

亜雷は太刀を鞘に戻すと、片手を腰に当て、「嫌な予感がしたんだ。途中で引き返してきて正解だったな」と呟いた。

「これは本物の白金か？　倒した尸蟲の核までもが金属に化けるのかよ」

怪しみながらも、亜雷は地に転がっている大量の白金の塊を見つめた。

「尸蟲は死の神みたいな存在だ。普通は薬で腐らせるか、呪術で弱らせるか……。だとしても、一度身に寄生した尸蟲を引き剝がすのは困難だ。運良くそれに成功しても、じゃあどこに寄り付かせるかで悩むことになる」

亜雷の説明を聞きながら、八重は自分の両手を見下ろす。

医師ではないので奇現の正確な治療法は知らないが、それでもこの病が治りにくいものであることは聞いている。また、感染もしやすいという。しかし綺獣と違って人間は奇現に罹りにくい。おまけに八重は無性だ。実際いまも、八重に呪を受けた痕跡は見当たらない。

「だが尸蟲の声にいらえてはならねえ。まず間違いなく感染する。けれども返事をせねば逃してしまう。べつの誰かに取り憑くことになる。だから誰もが治療に二の足を踏むんだ。とくに奇現に罹りやすい幸魂と荒魂の環性の者たちはな」

「……そう」

八重はしんみりした。湿った空気を吹き飛ばすように、こちらに向き直った亜雷がにやりとする。八重は警戒した。

「八重は俺が思った通りだった。尸蟲を体内から追い出せて、呪にも対抗できる」

「……尸蟲に触ったのははじめてだけど。無性効果かな」

「というより、おまえは驚くほど無臭だ」

ずかずかと近づいてきた亜雷が、腰の引けている八重の髪に触れた。視線を合わせるように顔を寄せながら、指先で八重の横髪を耳にかけてくれる。

八重は、蛇に睨まれた蛙状態で固まっていた。

「尸蟲からすれば、生き物の匂いがしないのに生きているんだ。不気味に思ってもおかしくはない。いわば生きた屍だな」

「ゾンビか」

「なに？　ぞんびか……？」

不思議そうに首を傾げる亜雷に、八重は愛想笑いを返し、そっと距離を取る。

「ええと、生き返った死者のことを『ぞんび』と言う」

「ふうん？　……その上、八重は何年も奇祭の使いを引き受けてきただろ。そら、体内の気も清浄になるわ」

「えっ、神通力が持てるようになったのかな、私」

「持てねえよ。なにを喜んでやがる――『ぞんび』なら穢れをまとうはずなのに神仏のように清い。なんじゃこいつ恐ろしいな、となるんじゃねえか。尸蟲にとっては天敵だよ、おまえ」

八重は微妙な顔をした。

神通力を持てないのに清いと評価されてもあんまり嬉しくない。

「ねえ、尸蟲を斬って大丈夫だったの？」

亜雷に感染の可能性があると気づき、八重は慌てた。

だが亜雷は平気そうに首を横に振る。

「この尸蟲の核が弟の体内から飛び出したんだろ。そこに、おまえが呪を返してさらに弱らせた。あの状態なら俺でも斬れる。八重、俺を呼ぶとは、賢いぞ。おまえは尸蟲を退けられても、始末はできねえ。それは俺の役割だ」

うっと八重は呻いた。

(自分でも、なんでとっさに亜雷を呼んでしまったのか、わからない)

無意識のうちに亜雷ならなんとかしてくれると思ったのだろうか。

「……ところで、栖伊は？」

亜雷の視線が岩にぐったりと寄りかかっている栖伊のほうへ向かう。

八重は急いで栖伊のほうへ駆け寄った。亜雷も遅れてついてくる。

「栖伊」と呼びかけて、八重が肩や頬に触れても、彼は目を覚まさない。本当に絶命したのかと心臓が冷えたが、しっかりと呼吸しているのに気づき、胸を撫で下ろす。

「気を失っているだけか」

亜雷も表情をゆるめて、栖伊の額を撫でた。

「……亜雷！　栖伊の胸が、もとに戻ってる！」

八重は驚いた。栖伊の胸部が正常な状態になっている。痣もなく、皮膚も滑らかだ。

「治ったの、これ？　臓腑も？」

ぺたぺたと栖伊の胸を触って確かめていたら、亜雷にぺしりと後頭部を軽く叩かれた。

「意識のない弟を襲うんじゃねえ」

「いや違うって、誤解だから！」

「起きるまでそっとしておけ。……くれぐれも襲うな」

信用のなさに愕然とする八重を無視して、亜雷は栖伊の身を担ぎ上げると、日差しを遮れる木陰のほうへ運んだ。はだけていた彼の袍も、亜雷がきちんと着せてあげた。

二人でしばらくの間、栖伊の様子を黙然と眺めたが、変化は見られない。

「……私、あの奇物の中を片付けてこようかな。亜雷も手伝ってくれる？」

栖伊の目覚めにまだ時間がかかるようなら、奇物の内部を整理し、そちらで彼を休ませたい。

地面に転がっている大量の白金の胡桃も、万が一を考え、ひとまず放置して様子見だ。

面倒臭え、とぼやく亜雷の背を押して、八重は奇物の缶のほうへ近づいた。

缶の後ろ側には、背伸びをして覗ける位置に、窓代わりとなりそうな縦長の楕円形の穴があいていた。横は肩幅程度。高さは四十センチほど。錆びて劣化した箇所が砕け落ちたのだろう。

採光口の代わりになりそうな穴だ。

その箇所を覆っていた蔓や蜘蛛の巣を払い、八重は中を覗き込む。

「うえっ。白骨がある！」

八重は穴から飛び退いた。窓の穴のそばに寄りかかるようにして、白骨死体があった。

亜雷も内部をひょいと覗き込むと、「人骨くらい、なんだ」と呆れたように言って、今度は正面側にある大きな穴から中へ入っていった。しばらくごそごそとしていたと思ったら、白骨死体を引きずって外へ出てくる。

「いや、だって『白骨』だよ！　老衰とかの理由で奇還したら骨だって枝化するのに、普通の骨の状態で残っているじゃん！」

八重は訴えた。つまりこの人物は予期せぬ異常な死を迎えたという証拠だ。

「だからなんだよ？　特殊な毒でも飲んだか、なにかの呪詛を受けて奇還すらできなかったか――禁域の多い茶江馬山のそばだぞ。異常死の理由なんていくらでもあるだろ」

逃げる八重を冷ややかに一瞥すると、彼はその白骨死体を河まで捨てにいった。ついでに、腐食が激しくて使えそうにない生活用品もごっそりと運び出し、捨てに行く。

（お焚き上げとかしないで大丈夫⁉　勝手に捨てて呪われない⁉）

亜雷がてきぱきと作業する間、八重は、意識のない栖伊にしがみついて震えていた。亜雷が物を運び出すたび大きな虫が缶の中から逃げてくるので、そちらの意味でも恐怖だった。

（あそこまで大きな飛蝗や蜘蛛は花耆部でも滅多に見たことない。猫サイズって、なに）

「おい、いらねえものは全部出したぞ。まだ少し残っているから、あとは八重が決めろ」

亜雷は手をパンパンと払うと、足元にいた十五センチくらいありそうな天道虫を邪魔そうに追い払った。八重は、悟りを開いた顔をした。

「……亜雷を崇めたくなってきた」

口調は乱暴だが、亜雷は親切で働き者だ。虫も平気そうだし。

「あん？　好きにしろ。俺は昔、きっと民どもに崇められていた存在だからな」

これを堂々と言ってしまうところが、なんだかおもしろい。

「いいか、今度こそ俺はそのへんを見回ってくる。八重は余計なことをするなよ。他の奇物の中へも入るな。野生動物が潜んでいるかもしれねえぞ」

八重はおとなしくうなずいた。

「もしも朧者が出現したら、叫べ。俺を呼べ。いいな？」

「……うん。わかった」

亜雷はしばらくじっと八重を見ると、再び周囲の偵察に向かった。

余計なことをするなとは言われたが、粗方片付けたこの缶の中にだったら入ってもかまわないだろう。できれば栖伊を缶の中で休ませたい。八重は、栖伊が視界に入る範囲をぐるっと歩いて、細い枝や蔓を集めた。それを束ねて即席の箒を作る。

虫を踏みませんように、呪われもしませんようにと祈りながら八重は箒を握って缶の中へ入った。採光口部分の蔦を取り払ったので、内部に光が射し、明るい。

中に残っていたのはがたついている木製棚と空の木箱のみで、八重は拍子抜けした。もともとそんなに物が置かれていなかったようだ。

広さは、花耆部にある八重のウイスキーハウスと同程度に思える。ただ、こちらの作りが円形のため、より広く感じる。

壁の錆がひどかったらさすがに住むのは難しいだろうという懸念があったが、その心配はしなくてよさそうだ。錆びた部分は少しだけで、広範囲にわたって石化している。

床は、土が剥き出しだった。雑草が生えている。天井のほうは……蔓草と蜘蛛の巣塗れ。高さがあるので、八重一人では掃除が難しい。

一度外へ出て、缶のまわりを一周し、また中へ戻る。

(実際にここで暮らすとなると、かなりの工事が必要かな……)

数日程度ならまあ、最低限眠れる場所さえ確保できればなんとかなるが、それが一週間、一ヶ月となってくると話が変わってくる。

(お風呂とトイレは絶対必要だ)

このあたりはがっちりと前の世の感覚を引きずっている。が、この世界は以前と違って文明がそこまで発達していない。その未発達な文明を大きく支える柱が、幸魂性の民に備わっている神通力である。たとえば、ウイスキーハウスで冷蔵庫の代わりにしている収納庫には、ペーパーウエイトに似た丸い水晶をいくつか入れている。これは保冷剤の代用だ。神通力で彼らに水晶を冷やしてもらう。

また、熱を注いだ水晶は、風呂の水をあたためたり、ランプに使用したりする。神通力とは、超能力みたいなものだと八重は捉えている。風を操ったり発火させたり、凍らせたりするのが可能なこの力は、電気やガスの代わりを果たすので、民の生活に欠かせない。

民は皆、何種類もの鉱石を持っていて、保冷や保温の力を有料で注いでもらう。一番よく使われていて安価なのが、水晶である。

(どうしようかな。河が近いから水には困らない。井戸も作れそうだ。でも、私が持っていた水晶は全部、美冶部に送った荷物の中なんだよなあ……)

これればかりはどこかで手に入れる必要がある。しかし購うための金銭がない、と悩んだところで、外に放置したままの白金の胡桃の存在を思い出した。

……本当に金属化したのか、確認しよ。そう思って、箒を置き、外へ出ようとしたときだ。

目覚めた栖伊が、慌ただしく缶の中に駆け込んできた。

「八重！」

「はい!?」

呼びかけられた勢いに押されて、びくっとしながら返事をした瞬間、距離を詰められ、肩に手を置かれた。

「身体が、重い！」

「えっ⁉ 重い？」

「血肉が戻ってる！」

ぽかんとする八重に、栖伊が頬を上気させて言う。

「いままで身体がずっとすかすかだったんだ。軽くて軽くて、いつかきっとすべて乾き切ってしまうんだろうと思っていたのに、重い！ 手足の感覚も戻っているし、なにより、視界に、色が戻っている！」

「ええと……奇現が治った？」

「うん、見てくれ！」

彼は、ぱっと大胆に袍を脱ぎ落とした。そしてあろうことか腰帯も外し、ズボンもおろそうとしたので、八重は目を剝いた。

「待って待って脱衣は待って、下はだめだ脱がないで、うわああ亜雷ごめんなさい誤解です」

叫んで反対側を向こうとした八重の両手首を、栖伊はがしりと摑んだ。

「触ってくれ、八重！ ほら、血肉が！」

「あああ、いやあああ」

八重は震える子羊のように、か細い悲鳴を上げた。

興奮状態の栖伊は気にせず、八重の両手を自分の頰に押し当てた。それを首から肩、胸へとずらす。というより弄らせる。「すごく張りのあるよい身体です」と、八重は混乱しながら褒め称えた。指先が胸の中心を引っ掻いてしまったときは羞恥で死にかけたし、こういうシチュエーションって普通は男女逆じゃないだろうか……とも思った。

栖伊は八重の両手をそのまま腹部へと滑らせ、腰のほうへ持っていった。意外と腰回りがずしっと硬くて、腹部もきれいな筋肉がついている。八重はまた叫んだ。

「太腿も石化しかけていたんだ、それが」

「わかった治った、やったあ万歳！　お願いもう許してえ」

泣きそうな八重の両手首をやっと解放してくれたと思ったら、勢いよく抱き着かれた。

「ありがとう、八重」

至近距離で見上げた栖伊の目は、虹色の煌めきでも放ちそうなくらい、きらきらしていた。無防備な笑みと、喜びだけがあった。

八重は言葉を失い、息を止めた。

「忘れていた身体の重さが、愛おしい。八重、すごいな。すごいんだ。鼓動がある」

「――あ、うん……」

放心しながら八重が返事をしたとき、亜雷が慌ただしく缶の中に駆け込んできた。

「なんだいまの妙な悲鳴！　――栖伊？　目が覚めたのか……、はっ？　なんで半裸？」

「兄様！　触ってくれ！」

栖伊は八重から身を離すと、がばーっと笑顔で亜雷に抱き着いた。八重にさせたように、自分の身体を亜雷に触らせている。亜雷は勢いに押され、完全に引いていた。

「水の冷たさもわかるかな？　ちょっと河へ行ってくる！」

栖伊が子どものようにはしゃぎながら、ぽかんとしている亜雷を置いて外へ駆け出した。

嵐が通過したような感じだと、八重はぼんやり思った。そのあと、同じように固まっている亜雷のほうへ近づいた。

「……あいつ、本当に治ったってことか？」

「そうみたい」と、八重は答え、亜雷を見つめた。

鼓動がある、すごい、という栖伊の言葉が、八重の胸の中で熱を持った。すごい。すごいの か、私。すごいと思ってもらえるようなことができたのか。瞳に虹が輝くくらいの、そういう喜びを引き出せたのか。

急に胸が苦しくなった。でもそれは、いままで感じていたような苦痛とは違った。

「あの、亜雷――ありがとう」

無意識にその言葉が口から転がり出た。

言葉に味などあるはずがないのに、甘露のような甘さを八重は感じた。

亜雷は、なぜ感謝されたのかわからないという戸惑いの顔を見せた。

「うん、その……とにかく、ありがとう」

もう一度口の中で言葉を転がすと、全身に熱が巡るのを八重は感じた。

「戸蟲を退治したのは亜雷で、私はただ身の外へ追い出しただけなんだけど……それでも、なんだかすごく、自分が大切なことをした気がして」

美治部の民に対する怒りや落胆も、亜雷が八重を殺そうとしたことへのやるせなさも、栖伊の輝く喜びを見た瞬間だけは、影も残さず弾け飛んだように思えた。

「私、あなたたちと会えて、あのとき石碑から亜雷を解放できて、よかった」

この瞬間を迎えられたのは、どんな理由があろうとも、亜雷のおかげで間違いない。

亜雷は、まじまじと八重を見ていたが、ふいに、恐れるように一歩引いた。

その動きを見て、八重は我に返った。

「ああごめん、なんか急に変なことを言ったかも……栖伊の喜びにつられたのかな。気にしないでね。私もちょっと、外へ、っていうか、さっきの白金の実を見てくる！」

八重は焦りながらそう口にして、無言のままの亜雷の横を通り抜けた。

外へ出ると、日差しが目の奥にしみ込んできた。じんわりと涙が滲むような光だった。

その後、八重は川遊びに勤しむ栖伊を回収してから、まだ少しぼうっとしていた亜雷も引っぱってきて、缶の清掃に励んだ。日が沈む前に一度、休憩を取る。

「——本物の白金で間違いないんだよね？」

「大丈夫、間違いなく金属化しているよ」

呪の見分けが得意という栖伊が、白金に問題はないと断言する。

「それにしても、尸蟲が貴重な白金に化けるとは」

「装身具から呪具、薬にと使い道が豊富だ。……他人に漏らさねえほうがいい話だな」

亜雷が意味深に言う。兄弟は目配せをし合っていたが、八重が知りたいことは他にある。

「これって、日用品や食料を買うときに使っても大丈夫ということでいい？」

兄弟はきょとんとした。

「栖伊って神通力に優れた幸魂性なんだよね。水晶を冷やしたりあたためたりできる？　あと、二人には缶ハウスのリフォーム——奇物改築の手伝いをお願いしたい。私、今後の生き方を決めるまで、当分ここを根城にしようと思う」

期待をこめて見つめると、兄弟は、逞しいなこいつ、という目をして笑った。

「……で、二人も、よければ一緒に」

さっとスマートに「二人も暮らしてほしい」と誘えない自分に、八重は項垂れたくなる。

優しい栖伊は、八重の言葉にできなかった部分を汲み取って、「おれたちが八重のそばにいよう」と微笑んだ。

「……そりゃ俺は八重のために解放されたんだから、ともにいるさ」

　亜雷は、わずかに躊躇するような口調で言った。八重と目が合うと、どこか困ったように視線を逸らした。


　それから数日は、缶ハウスのリフォームと、ふいに出没する野生動物や朧者の退治に追われた。奇物の数が原因か、とくに朧者の出没率が高い。

　ここで注意すべきは、『奇現』と『奇物』は別物ということである。

　奇物は、あくまで異域から——おそらくは八重のもとの世界から——流れてきて巨大化したものにすぎない。

　奇現は、この世界特有の病気だ。だからそのボーダーが曖昧な八重や、異域からの奇物が、奇現に罹ることはまずない。虎兄弟に関しては八重同様に魂がリサイクルされてこちらの世界に新たに生まれ直した状態だが、前の記憶がほぼないために発病したようだ。

　奇現は、人や動物だけが罹患する病ではないというところが厄介だ。草花だろうと、物だろうと、罹るときは罹る。

兄弟が捕らえた朧者の中には、手当てが間に合うモノもいた。それは古い鏡であったり、野生動物であったりした。時には神霊であったりもした。野生動物は逃がしてあげたし、鏡などの道具はありがたく使わせてもらうことにした。

問題は、神霊の類いだ。

神霊のすべてが、人の形を取るとは限らない。また、人と同レベルの知性を持つとも限らない。自然、扱いは慎重になる。

正気に返ったのちに怯えて逃げる者もいれば、襲ってくる者もいる。あるいは手当ての礼に宝飾品を落としてくれる者もいる。

それらを布や食料に替えるため、亜雷たちが、流れの行商人のところへ向かう。

——おそらくは、そのあたりから八重たちの情報が漏れたのだ。

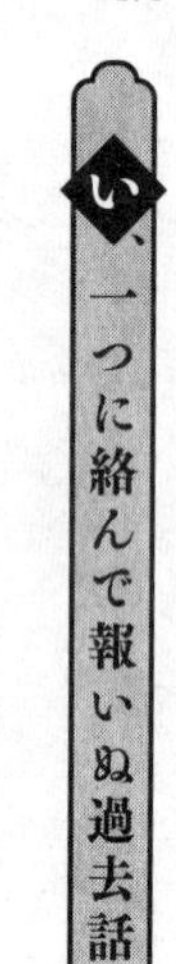

い、一つに絡んで報いぬ過去話

美治部に嫁ぐはずの日から、十日がすぎた。もっとも緑が濃くなる夏の盛りの時期である。

缶ハウス以外の『奇物』も倉庫や家屋として利用できるなら手入れをしようと、亜雷たちとそこらを見回っていたとき、切り立った崖の上に複数の人間の姿があるのに八重は気づいた。

木々の間にちらっと見えただけだが、大柄な男たちのようだ。

八重よりも先に気づいたのは亜雷たちで、二人は視線をかわすと一瞬で虎に変じ、すばやく崖を駆け上がっていく。

虎兄弟を見送る八重の頭によぎったのは、美治部の男たちの姿だった。

雄々しく覇気に満ちた彼らの姿を思い出すと、胸にちりっと小さな痛みが走る。

(まだ完全には気持ちを昇華できていなかったか)

だが、置き去りにされた直後に抱いた、身を焼くような怒りと悲しみはもう消えている。

(やるべきことが山積みのおかげで、あまり気にせずにすむ)

いまはとにかく、しばらく留まる予定のこの地で快適に暮らせるよう缶ハウスを整えることで頭がいっぱいだ。河が近かろうとも、屋内井戸はぜひほしい。缶ハウスの隣にあるガラス瓶の奇物の中を片付けたら、そこに風呂場とトイレを設置するつもりだ。兄弟が神通力持ちで本当にありがたい。電気とガスの代用になる力を使えるって、便利だ。

あとは、缶ハウス内にハンモック。長椅子や箪笥も作りたい。こちらの世界に生まれ直してから、八重はすっかり日曜大工が得意になった。

（工具をどこかで手に入れなきゃ……、鉄具がめちゃくちゃ高価で困る。ありがとう、白金の胡桃。あれでかなりの工具が購えるはずだ。日本は製鉄技術の発展が遅かったから、そのへんの歴史もこっちと似ているんだよね。それ以前に鉄鉱石と、技術者の不足がなあ。たたら山が希少すぎる……。木材は、亜雷たちに伐採を頼もう。……まずはお風呂とトイレの準備だ）

一度、亜雷が密かに花耆部へ向かい、八重のウイスキーハウスから布や金物の類いを持ってきてくれている。だが、それだけではとても足りない。

缶ハウスの改築の段取りに悩んでいると、崖へ向かっていた虎兄弟が八重のもとへ戻ってきて、再び人の形に変身した。

「誰だったの？」

周辺の部の民が八重たちの存在に気づいて偵察に現れたのか。それとも偶然通りかかった山賊か、はぐれ者か。迷い子か。

身を乗り出して尋ねる八重の頭を、兄弟が順にぽんと叩く。

「どこかのうるせえ馬鹿だ」

「うん。そんな感じだよ。追い返したから安心して」

この兄弟、ちゃんと説明する気がない。

だが、八重が知らずともいいことだと彼らが判断したのなら、それに従うつもりだ。彼らは護衛の役割をきちんと果たしてくれている。

(栖伊の奇現を手当てしてから、二人とも優しくなった)

八重を一個の人間として認めてくれたように思う。

が、その一方で亜雷は時折物言いたげな、戸惑いの滲む表情を浮かべることがあった。八重自身も本音を言えば、亜雷との距離感を掴みかねている。

(亜雷たちはいつまで一緒にいてくれるのかな)

もしかしたら、亜雷はなにかの拍子にまた八重を殺そうとする可能性だってある。前に八重を殺害しようとした理由をはっきりと聞いていないので、心からの信用が難しい状態だ。しかし、そんな危険な相手なのに、近寄るなと突き放すこともできないでいる。

(突き放したら、無駄に殺意を煽るだけで終わる気もするし……)

現実的に、彼らの手を借りねば八重一人で生きていけないのも事実である。信頼は、時間をかけて築いていくしかない。

悶々としていると、亜雷が視線を周囲の景色へ流した。

「ところで八重、この地に名付けをしたらどうだ」

　八重は首を傾げた。

「土地に、名付けを？」

　花者部で八重が奇現の兆候が見られた植物に『名付け』をよく行っていたことは、すでに亜雷に知られている。その頃の亜雷は「黒葦」として八重のそばをうろついていたので、対象物に名を書き込んだり名札を作ったりしていた場面を何度も目撃している。

「そうだ。境界を定めて、この区画は名のある地だと示せば、それが呪と変わる。いまは朧者がふらふらと迷い込んでくるが、土地に力がつきゃ、その数もぐっと減るぞ」

　亜雷の冷静な指摘に、八重は感心した。

「花者部でも立て札を必ず作っていたっけ」

　その他に、動物を模した石像を部の外れに置いていた。あれは見張り番のような意味合いがあったのだろう。かつての日本のように市町村として明確に整備されている世界ではない。道だってそうだ。人が歩かなくなれば途端に草花に覆われる。

　森と、部の境もあっという間に曖昧になってしまうから、石像や立て札を用意してわかりやすく人が住んでいることを示す必要があった。

　ここは本当に、人よりも植物が世界の中心になっている。そう確信するほど、山はどこも深く、緑は層をなす。鷹の舞う空も遥かに高い。

　ふっと息を吐き出したあとで、八重は亜雷を見つめる。

「私よりも亜雷たちがしたほうが、より土地の力が増すんじゃない？」

もとは格の高い神仏なら、彼らのほうが名付け親として適任ではないか。

「俺たちが名付けを行うと、そこは限りなく神域に近づくが、いいのか」

真顔で亜雷に聞かれ、八重は目を泳がせた。

「……ちなみにそれは、具体的にはどんな感じに？」

「楽園と言ってほしいか？　地獄と言ってほしいか？　見る奴の心によって景色が変わるぞ。どっちにしろ、人や獣が勝手に立ち入ったり殺生なんぞをやらかしたりすりゃ神罰がくだる。名付け親の俺たちにその気がなくとも、力をつけた土地が勝手に祟ってくれるんじゃねえ？　大気も歪むだろうし、自然とあやかしに化ける獣も出てくるだろうし――」

「わかった。私が付けます」

神仏パワー怖い。

(今更だけど私、本当にこの兄弟と一緒にいて大丈夫なのか……)

魂潰れない？　あやかし化しない？

八重の不安をよそに、亜雷は呑気な発言をする。

「この一帯に俺たちが住み着いたところで、別段咎める奴もいないだろ？　ここらにあるのは打ち捨てられた坑道と、民の大半が敬遠する奇物群だ。他人に奪われて惜しいと思うものが転がっているわけでもない」

そうだね、と八重は吐息まじりに同意する。

大半の場所が禁域扱いとなっている茶江馬山と向き合う耶木山の西域は、手つかずの地――というより放置されて久しい地である。

亥雲国全体の統治者は大乙守だが、各部の実質上の主は長だ。大乙守は最終的に不利益を被らないのであれば、授けた部を長がどう管理しようと気にしない。部同士の争いも黙認する。それに大抵の長は自分の部の守護と発展に専念する。他の部への関与は、そうせねばならない理由があるときくらいで、基本的には近づこうとしない。好戦的な荒魂性の集まる部についてはまた事情が変わってくるけれども、その彼らだって禁域の侵略は行わない。

だから八重が国の根幹を揺らがせるような真似さえしなければ、ここで細々と暮らしても咎められることはまずないだろう。どこの国にも、はぐれ者は存在する。

しかし、長でもなんでもない八重が、その土地を所有するかのごとく名付けを行うのは少々気が引ける。

「八重、やれ」

腕を組んで命じる亜雷を見上げながら、八重は、ううんと唸る。

その間、栖伊は口を挟まずに八重の髪を編み込みにしたり花を挿したりと好きにしている。

（なにかいい名前、あるかな）

八重は、腰帯に下げていた革の鞄――これも亜雷が八重のウイスキーハウスから持ち出したお馴染みのウエストバッグだ——から小袋を取り出した。中には干した木苺や梨などのドライフルーツが入っている。

このドライフルーツはつい先日、作ったものだ。近くで生っていた果実をもいで適当にカットし、数日干しただけのシンプルな代物だが、お菓子代わりにちょうどいい。

おっ、とそわそわする兄弟の口にドライフルーツを放り込み、八重自身ももぐもぐしながら考え込む。が、自分に名付けのセンスなどない。もう「隅っこの地」とか「崖の下の地」とかでよくないだろうか。

それにしても梨のドライフルーツはおいしい。梨。梨か……、引っくり返して「しな」にしようかな。

「……し、しな、なんて、どう？」

口にする前から安直すぎる名だったかという後悔が胸にわき、八重は言葉がつっかえてしまった。

「ししな？」

首を傾げる兄弟に、「あ、いや、違う」と八重はしどろもどろに答えた。

「いいんじゃないか。示々那、にしよう」

亜雷が宙に文字を書いた。弟も「いいね。呪いの言葉としても強力だと思うよ。神々がいつかは住み着きそうな名だよね」と、突き詰めて考えると怖さしかない太鼓判を押してくれた。

本当にいいのか、どうなっても知りませんからね、と八重もそれ以上地名を考えるのが面倒になったので、あえて反論せず、ぽいぽいと兄弟の口にドライフルーツを放り込む。

ドライフルーツは兄弟たちの口にあったようだ。この日以来、寄越せとよくせがまれるようになった。

八重は、もう少し生活が安定したら、ドライフルーツの蜂蜜漬けを作ってやろうと決めた。


そうした経緯で示々那という名に決まったこの地に、不審な人影は何度も近づいてきた。

三度目にして八重もとうとうはっきりと姿を確認し、その人影が間違いなく美冶部の男たちであることを知った。

男たちの目的はおそらく八重で間違いない。兄弟にすげなく追い返されても諦めようとせず、接触をはかろうとする。

今日の午後にも再び男たちが現れた。崖の上の木陰からこちらの様子をうかがっている。

それ以上近寄らないのは、土地の名付けをした日に兄弟が、崖の上の木々にしるしを刻んだせいだろう。そのしるしは「門」という文字で、どうやら境界の役割を果たしている。

彼らが現れたとき、八重は缶ハウスの横にある、蓋付きガラス瓶の奇物の清掃に勤しんでいた。亜雷は缶ハウスの外に自作したハンモックでうたた寝中、弟の栖伊は食料探しに出掛けており、不在だった。

勘の鋭い亜雷が彼らの気配を察してぱっと目を開け、ハンモックからおりる。「動かずにここにいろよ」と言い置いて男たちを退けに行こうとする亜雷を、八重は呼び止めた。

「彼らって、私を捜している美冶部の人でしょう？」

「さあな、知らん」

いままでは、すぐに彼らを追い払ってくれる兄弟の判断に従い、静観していたが、そろそろそれも厳しくなってきた。

八重は、ふんわりと肩に垂れている亜雷の天衣の端を握り、彼を見上げた。

「私、彼らと話をしてみるよ」

「なんでだ？　八重が会う必要はないだろ」

「私は一応あちらに嫁ぐ予定だったから、彼らも、私の無事を知りたいのかもしれないし」

「おまえなあ」

亜雷が顔をしかめて八重を見下ろす。

「本音の部分では納得し切れてないことを、さも理性的に吐き出すんじゃねえよ」

八重は、ぐっと息を飲み込んだ。

亜雷の言葉は、時に辛辣に感じるほどまっすぐだ。その表情を見れば嫌みで言ったのではないとわかるが、だからこそ胸にぐさっと突き刺さる。

「本当にあいつらが八重の生死を確かめにきたのかどうかは知らんが、今更だ」

今更、という言葉に含まれる感情が、重い。

「あいつらが最初にここへ現れたのは、八重を見捨ててから十日も経った頃だぞ。本気で安否を知りたけりゃ、もっと早くにおまえを捜しに来ている」

「……うん」

「ずっと放置していたのに今頃になって捜しにきたのは、そうせざるを得ない面倒な理由ができたからだろ。純粋に八重の身を案じているんじゃねえ。良心が咎めたわけでもねえわな」

「わかってる」

苦い思いで、八重は小さく答えた。

本当に「今更」だ。捜されても、もう喜べない。せっかく塞ぎかけていた傷が、こじ開けられてしまう。痛みを思い出したくないから、もう放っておいてほしい。

けれどもここで、長年の間に身に染み付いた「誰かに好かれたい、必要とされたい。そのためなら少しの苦痛は我慢できる」という醜い習性が顔を出す。

「八重？」

いぶかしげに亜雷が八重を見つめる。八重は、彼の目にかかるもさっとした前髪を払ってやろうと手を伸ばしたが、途中でやめた。

「そうであっても、話くらいは聞いたほうがいいのかなと思う。こう何度もやってくるのは、よほど困ったことが起きたからかなって。内容によっては、ここにいる私たちにも関わってくるかもしれないよ。ひとまず、向こうに悪意はなさそうだし……」

「八重、俺の前でそういう薄笑いはやめろ」

亜雷が冷たく遮った。

八重は、顔が強張るのを自覚した。

「同じことを何度言わせやがる。おまえは、俺の命だ。だから、おまえが嫌うものは排除する。その俺に、偽りの心を見せるんじゃねえ」

八重は、複雑な気持ちでその言葉を聞いた。

きっぱりとおまえの味方なのだと立場を明らかにしてくれるのはもちろん嬉しいし、安心もする。だが、安心したそばから、灰色の感情がわき上がってくる。

(亜雷だって一度は私を殺そうとした。その理由を言おうともしない。私が奇祭で服従させようとしたのが許せなかっただけだと、本当に信じていいのか)

殺されかけたことで感じたやるせなさは、ある程度消えたと思っていたが、胸の底を覗けば、やはりもやもやと燻る感情が残っている。

むしろ時間が経てば経つほど、亜雷を受け入れれば受け入れるほど、あのときになんの躊躇もなく振り下ろされた太刀の鋭さと輝きが心に重くのしかかってくるように思われた。

「やっぱり、一度は彼らと話をしてみるよ」

八重は幾分意地になっている自分を、それこそいま亜雷が指摘したように、さも理性的に振る舞うことでごまかした。

亜雷が眉をひそめたことには気づかなかったふりをして、八重は天衣から指を離す。崖のほうを見上げ、そちらに向かって軽く手を上げる。

八重の合図を見た人影が動いた。すぐに木陰から二人ほど出てきて、器用に崖のおうとつに足をかけ、おりてくる。馬の嘶きがかすかに聞こえたが、崖の上に置いてきたようだ。もしかしたらまだ崖の上に何人か残っているのかもしれない。

八重のほうからも歩み寄り、大地に突き刺さっている『鼈甲模様の万年筆の奇物』のそばで立ち止まる。亜雷も、不快げな顔を隠さずにあとをついてきた。

先ほど突き放すような態度を取ってしまったことに八重は後ろめたさを感じたが、謝罪するのもなんだか間違っている気がして、声をかけにくい。

八重の前までやってきたのは、一人が二十代半ばの男、もう一人が十代後半の少年だった。

こちらの世界では、十代後半になれば大人と同じ扱いをされる。

どちらも背丈が亜雷以上あって、腰も腕も太い。この優れた体格からして、荒魂性の者に違いないだろう。二人とも首元までぴっちりとしめた紫陽花色の袍に、同色のズボンを着用している。夏の季節なので、衣の生地は薄手だ。

二十代のほうは短い黒髪で、緑の目をしている。眉は濃く、くっきりとしており、唇も肉感的。黒狼を連想させるような、雄々しく美しい男だ。だが荒々しい霊気を持ちながらも、目の奥には理知の輝きがある。

八重は、三つ違いの形に似た環紋が浮かぶ緑の目を見て、「ああ、婚礼の行列の日に私の馬を引いていた人だ」と確信した。おそらくは八重の夫となる予定だった相手だ。

もう一人の十代の若者は顎くらいの長さの白い髪に、紅色の目を持っていた。

こちらもまた若々しく力強い牡鹿を思わせるような、魅力的な若者だった。実際、頭には鹿のような立派な角が生えている。角も瞳同様に、鮮やかな紅色をしていた。花菱に似た環紋が浮かぶ目は切れ長で、どことなく気位の高そうなつんとした雰囲気がある。

若さが先走るのか、緑の目の男とは違ってまだ感情を隠すすべを身につけられていないらしく、この若者は強い警戒と好奇心がまざった不躾な視線を八重に向けてくる。

「あんたが花耆部の八重か？」

若者が友好的とは言いがたい尖った声で訊ねた。

こちらの世界には、苗字という概念がない。名乗るときは、身を寄せている部と名前の組み合わせと決まっている。八重の、桃井という苗字は前世のものなので、こちらで名乗ったことはない。下の名だけを使っている。

「そっちの男は誰だ」

若者の視線が八重のそばにいる亜雷のほうへ動く。

「あんたはうちの部に嫁ぐはずだったのに、とっくに情を交わした奴がいたのかよ。お手付き済みの尻軽女を寄越すとは、美治部も馬鹿にされたものだな、まったく……」

若者は八重に視線を戻すと、辛辣な口調で罵った。

それまでかったるそうに腕を組んでいた亜雷が、八重を自分の後ろに下がらせて、氷のような目で若者を見据えた。

「あん？　なんだこのくそ生意気な若造は。口のきき方がなってねえなあ。その汚ねえ口を削ぎ落してやろうか？」

庇ってくれたのはありがたいが、大変ガラが悪い！

「あ？　なんだと？」と、煽られて殺気立つ若者を、緑の目の男がとめる。

八重も、亜雷の天衣の端を引っぱって自分の横に移動させた。

「彼の失礼な発言を許してくれ。俺は美治部の頬鳥だ。彼は紅薙という。……おまえは八重という娘で合っているな？」

まともに話ができそうなのは圧倒的にこの緑の目の男――頬鳥だ。

「ええ」

いったいどんな話を持ってきたのかと、八重は警戒しながら彼を見た。

頬鳥のほうは、誠実さの滲む眼差しで八重を見ている。虹彩に浮かぶ三つ輪違いの環紋は動かない。環紋が動く虎兄弟のほうが特殊なのだ。

「おまえはこんな顔をしていたのか」

頬鳥が吐息まじりに言う。なんのことかと首を傾げて、八重は、ああと思い至る。あの日は、ずっと面紗を着けていたから、目元しか互いにわからなかった。

「俺が、おまえの夫になるはずだった」

八重は一瞬声を詰まらせてから、そうですか、と小声で答えた。「はずだった」ということは、いまはもう違うのだ。

「言い訳はしない。あのときにおまえを置き去りにしたことは正しくはないが、過ちとは考えない。全滅を防ぐための判断だった」

八重は返事ができない。受け入れられる気もしない。

(それはあなた方にとっての正義で、私にとっての悪だ)

そしてそんなことは、八重がどう思うかなどは、頬鳥はもう百も承知なのだろう。

荒魂の環性の民は基本的に闘争本能が強い。極限の状態に置かれたとき、なにを切り捨ててなにを守るべきかを瞬時に判断し、行動を起こす。だから「正しくはないが、過ちでもない」という主張はそこまで理不尽なものではない。

自分がその犠牲者でさえなければ、八重だってしかたのない話だと飲み込んだだろう。

(これはきついなあ)

誰かに必要とされたいと望み続けてきた八重には、苦しい真実だ。

「なにを好き勝手に言ってやがる」

と、いきなり吐き捨てたのは亜雷だ。

知らず俯いていた八重の顎を片手で上げさせながらも、亜雷の視線はまっすぐに頬鳥を貫いている。

「おのれの弱さを都合のいい話で取り繕って、八重に納得させようとすんじゃねえ。いいか、てめえはただ、こいつを無価値と決めて見捨てただけだ。他になんの意味もないだろうがよ」

「すごく的確に私の心を抉りよる……」

え、この虎男は私をさらにへこませてなにをしたいんだ、と八重は本気で愕然とした。

「……おい、口がすぎるのはおまえのほうなんじゃないのか？」

紅色の角を持つ若者――紅薙が、その瞳に確かな殺意を閃かせて唇の隙間から低い声を絞り出す。

「事実を言ったまでだ。弱いから見捨てた。弱さは自分の責任だ。過ちか否かは、どうでもいい」

亜雷はきっぱりと言う。

「おまえ……」

「だが俺は、強い」

亜雷は迷いなく自分を誇った。

「強い俺は、八重を見捨てることもない。だから八重の価値の有無も環性も関係ねえな」

亜雷が八重の顎から手を離し、頭をぐしゃっと撫でた。

「仮に八重が役立たずだとしても、それなら育ててやりゃあいいだけの話だ。本当に役に立たぬものなんか、この世にねえわ」

八重はぐっと奥歯を噛みしめる。亜雷が口にしたのは八重の承認欲求を満たす言葉だ。嬉しいのに、「一度は八重を殺そうとした」というその事実がひと匙分の泥を心に流し込む。

「……説教爺気取りかよ。耳が痒い」

悪態をつく紅薙に、亜雷が唇をぐっと曲げて、わかりやすく腹を立てた。

「おい、こいつは本当にあんたの情夫なのか？　こいつって花者部の男じゃないだろ？」

紅薙が、ぎっと亜雷を睨みつけながら八重に激しく尋ねた。

亜雷は目尻をつり上げて、鼻の上に不機嫌な縦皺を作った。威嚇する獣っぽい表情だ。

「なんで俺がよく吼えるだけの雑魚衆に優しく名乗らにゃならねえのか、意味がわからん」

「あーっと、亜雷！　ちょっと静かにしてようね！」

八重は慌てて声を張り上げた。暴言すごい。ささやかな感傷なんて一瞬で吹き飛んだ。

しかし、空気の読めない亜雷は、八重をじろりと見下ろす。

「あ？　八重、おまえもなあ、なに落胆してんだ。この惰弱民がおまえを見捨てた結果、俺という唯一を手に入れられたんだろ？　だったらこれは喜ぶとこだろうが。おら、喜べよ」

惰弱民て。

この状況で、わあ嬉しいと喜べる強心臓の人間がどれほどいるというのか。

頼むから口閉じてと青ざめる八重を無視して、亜雷は胸を張る。

「……彼は、いったい？」

何者だ、というよりいったいどんな神経をした男だよ、と不審に感じていることを隠さない表情で頬鳥が八重に尋ねる。

八重は内心唸った。もったいぶるつもりはないが純粋に説明が難しい。亜雷は、奇祭を通じて知り合った黒葦でもある金虎の綺獣で……たぶんもとは異域の神か仏というような、極めて高い格を持つ存在で、『びひん様』とともに石碑に封じられていた。この事実を口にしたら、まず「は？」と怪しまれるに違いない。

「しつけえなあ……。俺は亜雷。八重のものだ」

亜雷が面倒そうに答えながら八重に親指を向けた。八重は、ひゅっと息を呑んだ。

「亜雷、ちょっと……」

「八重が身も心も俺を解き放ってくれた。だから俺は目の開く限りこいつに跪く。八重は、俺の命だ」

八重も絶句したし、二人も唖然とした。亜雷は恥じらいもせずに堂々と宣言する。

「こいつを侮ることは、魂ごと隷従してる俺をも侮ることだから、覚えておけよ」

亜雷のせいで、八重は二人から不名誉な誤解をされた。おまえたちの爛れた関係はどうなっているんだ、というような、常識を疑う眼差しを寄越される。「身も心も」とは、言葉通り穢れを祓って自由にしたという意味にすぎないが、これはひどい。

(特殊性癖の持ち主と思われた……)

八重は重い口を開いた。

「……その。婚礼の日のことですが。頬鳥さんたちがいなくなって、一人になったあと、偶然近くを通りかかった彼に助けてもらったんです。亜雷が強いのは確かです。……破格に強いんですが、この通り、少し浮世離れしているので、真に受けないでくれると嬉しいな」

「世からも地からも離れてねえよ」

亜雷がむっとしたように口を挟んだが、八重は目を合わせなかった。

「その後、まあ……長の期待を裏切ることにもなりましたので、合わせる顔もないですし……今後どうしようかと悩んでいたら、亜雷がこの場所を見つけてくれたんです。彼も他に帰る場所を持たないというので、今日まで一緒にすごしていたんですよ」

八重は、余計な発言をしようとする亜雷を制して、当たり障りなく自分たちの現在について説明した。頬鳥たちとは信頼関係があるわけでもないので、こちらの詳しい事情をすべて打ち明ける必要もないだろう。

「帰る場所がないって、どこの部の者だよ」

紅薙があからさまに疑いながら尋ねる。

「部に属さず暮らしていたんですよ」と、八重はさっと答えたあとで、これ以上突っ込まれないようにこちらからも質問を投げかけることにした。

「機会を見て花耆部のほうへ顔を出すつもりでいたんです。……それで、あなた方はなぜ何度もこちらへ来たんでしょうか。あなた方の中では、私はすでに死んだ者です」

囮にしたのだから死亡していると思っていたはずだ。

せめて遺体を弔ってやろうと捜索していた最中に、虎兄弟と接触した流れの行商人からこちらの情報を手に入れたのかもしれない。花耆部の長の加達留に捜索を頼まれた……という可能性も考えられなくはないけれども、その線は薄い。

「部に迎え入れる予定の女を捜すのは当然だろ」

紅薙が吐き捨てるように言う。

その直後、亜雷が一瞬で紅薙に太刀を突き付けた。鞘から刃を抜く音がしたと思ったらもう紅薙の首にぴたりと当てられていたのだ。戦士でもある二人が構える暇もない速さだった。

「八重の敵は、俺の敵だ。つまんねえ話を囀る口はいらん」

亜雷は、紅薙の言葉を愚弄と受け取ったのだ。八重への侮辱は自分への侮辱に等しいと、先ほどの宣言通りに態度で示している。本当に、ひと匙分のもやもやさえなければ、純粋に見惚れることができただろう。

「……俺を殺すことはできるだろうが、その後に頬鳥がおまえを殺すぞ」

若かろうと、荒魂性の民だ。紅薙は刃の鋭さに動揺することもなく冷静に状況を読み、亜雷を牽制した。先ほどまでの未熟な気配はもうない。

「ここで争う気はない。剣をおろしてくれ」

と、亜雷たちを宥めるように頬鳥が言う。

「俺たちは、せめて八重の遺体を見つけてくれと花耆部の長から頼まれている。そして我らのもとに来た女たちも、おまえを見捨てるような真似は嫌だと訴えた」

頬鳥の説明に、八重は心底驚いた。

「御白様たちだけじゃなくて、加達留様も美冶部に働きかけてくれたんですか？」

問う八重に、頬鳥もまた驚いた顔をする。

「仲間は案じるものだろう？　それに八重は、花耆部の長の養女だと聞いた。……心配されるのが、そんなに意外か？」

「──いえ、そうではないですが」

信じられないという思いが真っ先にわく。そんな自分の反応に、八重は胸を貫かれる。

（好かれたい、受け入れてほしいと望みながら、私はちっとも加達留様たちを信用していなかった。義務や利益のために動いていると決め付けて……）

他人の思惑をいやらしく探る前に、帰りたいなら帰りたいと、素直に願い、行動すればよかったのか。そんな単純なことができなかったせいで、八重は自分から孤独になっている。

（馬鹿みたいだ）

こんな自分が一番、馬鹿だ。

「――だから、俺があんたを娶ることになったんだよ」

紅蓮の思いがけない発言に、八重は、はっと意識を目の前の彼らに戻した。

「……あん？」

と、凄んだのは亜雷だ。こらおやめなさいと八重は彼の手から太刀と鞘を取り上げた。しっかりと刃を鞘に戻し、腕の中に抱え込んでから、説明を求めて紅蓮たちを見る。

紅蓮は、ふっと溜め息を落とした。刃を向けられたことに少しは緊張していたのかもしれない。

「とっくにあんたは死んでいると思った。だがどれほど山中を捜し回っても骨の欠片すら見つからない。――その数日後、運の悪いことに長老の一人が奇現に罹った」

「……奇現に？」

八重は困惑した。なんだかきな臭い話になってきた。

「長老は幸魂の者で、神力を持つ。その暴走する神力につられてか、怪異がたびたび起こるようになったんだよ」

「それで……？」

正直に言うなら、美治部で頻発するという怪異と自分になんの関係があるのかと八重は思った。

「あんたは無性だが『神梛』をずっとつとめていたんだってな？」

「えっ？ ……ええ」

神梛とは、そのままの意味で「神巫」のことだ。八重が奇祭の使いを長らくつとめていたのは間違いない。

「長老たちは神威を重んじる。神梛の女を見殺しにしたせいで長老の一人に奇現の症状が出たのではと騒ぎ始めた」

頭が痛いというように紅薙は顔をしかめて舌打ちする。

「便乗して、部に迎え入れた女たちも騒ぐわ、花者部の長まで捜してくれと要求し始めるわ……」

八重は微笑みそうになるのを堪えた。

これはいいタイミングだと加達留は内心しめしめと思いながら、「八重は『名付け』も行えるし、長年神梛の役目を果たしたおかげで、気も清い。無性だが、必ずそちらの部の助けになると思って泣く泣く手放した。そんな娘を見捨てたとあれば確かに災いも生まれるかと……」などと尤もらしく美治部を脅したに違いない。

「あんたの死体を捜す間に、山中を進む行商人から妙な話を聞いた。『沈黙の地』に若い男と女が住み着いているってな。まさかと思って確認にくれば、捜していたはずのあんたが生きてそこにいるじゃないか」

「ここ、沈黙の地だなんて不吉な呼ばれ方をしているんですか」

八重が嫌な顔をすると、紅薙に睨まれた。気にするのはそこじゃないだろと言いたげだ。そして黒太刀を奪われた亜雷はというと、恨めしげに八重を見ている。

「俺は、奇現に罹った長老の一族の者だ。だから俺があんたを娶ることに決まった」

紅薙の説明に、ああそういう流れか、と八重はやっと納得した。

長老たちの不安を宥めるため、御白たちを宥めるため、花耆部に誠意を見せるため……諸々の理由で、夫役が頬鳥から紅薙に移ったのだ。

(紅薙はぜひとも私に死んでいてほしかっただろうな)

八重は溜め息を堪えた。荒魂性の男がなんの魅力も感じない無性の女を迎え入れなきゃいけないなんて、苦痛でしかないだろう。

いや、待て。

「長老が幸魂の方というなら、紅薙も同じ環性なの？」

「違う。女親が荒魂だから、俺はそちらの環性を継いだ」

「……そう」

荒魂以外の環性だったら、無性が伴侶になってもそこまでがっかりはしない。それなら八重でも受け入れてもらえる余地があるかと考えたが、うまくいかないものだ。

「なぜ俺がこんな女と……」

おとなしく死んでいてくれよ、と言わんばかりの紅蓮のぼやきに、八重は身を強張らせる。

「若造が。逆だろ」

亜雷が冷たく反論した。

「なぜ八重が、おまえのような惰弱民に娶られなきゃならん。渡すかよ」

八重は胸の痛みを忘れて、戸惑った。

亜雷は強い独占欲を見せるが、それは単純に八重が彼を解放したからにすぎない。だいたい、亜雷だっていまの世では荒魂性の持ち主だ。無性の八重に対して色恋的な空気はいっさい匂わせない。だから八重も安心して彼ら兄弟と暮らせているのだが、多少は虚しさも感じる。

「……勝手な頼みと承知の上で言うが、八重にはこちらの部まで足を運んでもらいたい。長老たちに、災いとは無関係だと一言告げてもらえたら助かる。その後はおまえの意思に従おう」

一触即発な雰囲気の紅蓮と亜雷を見かねてか、頰鳥が強引に話を進めた。

「我ら美冶部を──夫となるべきだった俺を許せないというなら、喜んでこの命を差し出す」

と、いきなり頰鳥がその場に跪いた。

「えっ⁉ いや、いいです、事情はわかっているから！」

首を取れ、と暗に促す行動を取った頰鳥に八重がぎょっとしていると、亜雷が舌打ちした。

「斬っとけよ、首」

「斬らない斬らない。頬鳥さんも、立って。そういう償いは求めてないです」

八重は慌てて頬鳥を立たせた。そこまでの覚悟で会いに来たとは思いもしなかったのだ。

「見捨てた我らをすぐに信じろというのも無理がある。だがもしも八重が怒りを飲み込み、当初の約束通りに我らの部に嫁いでくれるのなら、もちろん歓迎する」

立ち上がった頬鳥が、不貞腐れている紅薙のほうをちらりと見る。

「いまは非礼な振る舞いが目立つだろうが、紅薙は女慣れしていないだけだから許してほしい。これでいて、情の深いやつなんだ」

「……はあ!? てっめえなに言ってんだ。そもそも頬鳥たちの不始末をなんで俺が肩代わりしなきゃなんないんだよ！」

紅薙が白い髪を揺らしてこちらを振り向き、頬を紅潮させながら叫んだ。

頬鳥はそれをスルーして八重に淡々と説明する。

「俺のままでいいならそれでもかまわない」

八重は自分に夫を選ぶ権利があると言われても、警戒しか覚えなかった。

亜雷も同じ考えのようだ。

「ずいぶん気前がいい話だな。なあ八重、こいつらを殺そう。血肉は鳥に食わせちまえ」

この虎男、殺意が高すぎる。

「おい、俺は、情夫つきの女を娶る気はないぞ……」

げんなりと言う紅雉に、亜雷が噛みつく。

「俺を情夫呼ばわりかよ。そんな生ぬるい関係じゃねえわ。俺と八重は、もっと深くつながっているんだ」

「ふざけるなよおまえ、なんなんだ！」

「ああ⁉　神か仏だ、崇めろよ！」

「おまえのどこが、神か仏だって⁉」

また紅雉と亜雷が睨み合う。だいたいは無自覚に煽っている亜雷のせいだ。言葉通りの意味しかないのに、そんなふうには聞こえない発言ばかりしている。

「その角、鹿の綺獣だな？　八重、鹿鍋でもやるか？」

亜雷が、腹ぺこの虎の目になって紅雉を見遣る。

「はは、いいぜ、殺せるものなら殺してみろよ！　この見た目のおかげで俺は部でも神獣扱いされてるんだ。その俺を殺せば、おまえは一生美治部の民に狙われるさ」

「それがどうした。雑魚にいくらたかられても痛くも痒くもねえ。むしろ好都合だ、俺の祟りを受けてみろ」

ここだけ極寒の空気だ。

八重は舌戦を繰り広げる二人を見ながら、返事に悩んだ。本音では、美治部には行きたくない。長老への説明だけで終わるとはとても思えないからだ。きっと向こうへ行けば、なんのかんのと理屈をこねられて無理難題を押し付けられる気がする。

（と言っても、逃げたら逃げたで、もっと面倒なことになるんだろうなあ）

そもそもが、部同士の結びつきを視野に入れての婚姻だったのだ。つまり婚姻メンバーに加えられていた頬鳥は、部の中でも優秀な若者のはずである。その頬鳥が、八重の怒りを宥めるために、あっさりと自分の命を手放そうとした。

美冶部は、彼の命と引き換えにしてでも、あるいは、長老の一族の紅薙を差し出してでも八重の訪れを望んでいる。

（私はそんな重要な立場の人間じゃないのに、なんでだ）

頼みを退けるという選択肢は賢くない。そうわかっていても、渋りたくなる。

「……亜雷」

八重はぼそりと声をかけた。紅薙と睨み合っていた亜雷が振り向く。

彼も美冶部へ一緒に来てくれるだろうか。

「……美冶部に御白様たちの顔を見に行こうかとは思うのだけれど、亜雷も同行してくれると助かる」

「なるほど、俺を連れて、皆殺しをご所望か。いいぞ、喜んで」

「違う」

すばやく否定したあとで、そういえば亜雷は美治部に強い恨みがあるのだったと思い出す。

……一緒に来てくれるようだが、亜雷が殺戮に走らないか注意しよう。

八重は心に決めて、頬鳥に目を向ける。

「あなたたちの望む結果になるとは約束できませんが、それでもいいのなら」

「かまわない。……おまえの命は次こそ俺が守ると誓う」

「あ、ありがとうございます」

結婚云々についても、ほぼ白紙に戻ったも同然なので、このままのらりくらりとかわせばいいだろうと八重は安易に考えた。もともと本気で輿入れする気もなかった。

頬鳥がほっとしたように息を落としたとき、木陰から、梨を山盛りにした籠を頭に載せた白虎が姿を見せた。

頬鳥と紅薙が同時に振り向き、腰に差していた剣を鞘から抜く。

「彼は亜雷の弟ですので、大丈夫」

八重が慌ててとめると、二人は難しい表情を見せた。

「……彼らは、ずいぶんと変わった綺獣だな」

頬鳥の独白に、亜雷が鼻を鳴らす。

「だから、神仏の類いだと言ってんだろ。……信じねえのは勝手だが、呪われたくなけりゃ俺や弟を侮辱するなよ」

戸惑う栖伊に事情を伝えたのち、八重たちは簡単に旅支度をすませ、皆で美冶部へ向かうことにした。獣形で移動するほうが楽なのか、兄弟ともに虎へ変じた。八重は金虎の背に乗せてもらった。兄弟の二振りの太刀は八重が預かった。

頬鳥と紅薙は、思った通り崖の上に馬をつないでいた。

示々那から美冶部までは、休ませずに馬を走らせれば半日もかからずに行けるという。だが差し迫った状況でもない限り、馬の寿命を縮めるような走らせ方はしない。

地に起伏の多い亥雲国では、馬は育ちにくい。貴重な移動手段なので、とくに戦士の多い美冶部では馬を大事にする。

道中では彼らとあまり話をしなかった。日没後は小川の近くで野宿をし、翌日、朝の早いうちから出発する。

何度か休憩を挟み、西日が山々の稜線を赤く染め始めた頃、八重たちは美冶部に到着した。

美冶部は、耶木山の裏手、北側に位置する。耶木山と目毘路山の谷間にある、比較的規模の大きな集落だ。八重の故郷の花耆部は山の斜面に段々畑を作っているが、こちらはとくに岩崖が多いため、田畑はほとんど見られない。生活スタイルは、山岳民らしく、岩壁の段差に石材や木材を組み、家屋を作っている。岩壁には縄梯子、階がいくつも作られている。

この説明のみだとずいぶん原始的で飾り気のない集落のように思えるが、大半の建物は重厚で優美な外観をしている。入り口の手前の濡れ縁に柱を立てて寄棟屋根を支えている。外壁の色は白かったり赤かったり緑だったりと様々で、屋根の色もまた同じ。

神々の住まいを意識したようなこの建物群を見れば、美治部の長老たちが神威を重んじるという話にも納得できる。

（美治部側には奇物が少ない）

八重は、部の構造の観察に勤しむ。巨大化して完全に苔生した奇物の『蛇口』が、崖から突き出ている様子がちょっとおもしろい。目立つ奇物はそれくらいだ。

谷間には大きな川が流れており、その縁に高床式の倉庫がちらほらと点在していた。川魚を干す筵が見える。そこに設けた建物群は食材の加工場として使っているようだ。

目毘路山側の川縁の幅は狭く、鬱蒼とした森が麓へと広がっている。倉庫のあるこちら側はもう少し幅が広く、木々がまばらに生えていた。

集落によってかなり雰囲気が違うものだな、と八重は感心する。

八重を乗せている金虎は、集落の作りには興味がないらしく、つまらなそうに耳をぴこぴこと動かしていた。弟の白虎のほうは、建物の外へ出てこちらを見下ろしている民を油断なくうかがっている。

（全体的に、花者部の民より体付きが厳つい……）

環性は性格のみならず、外見にも大きな影響を及ぼす。荒魂性が大半を占めるこの美治部は、男女とも大柄だ。

頬鳥たちは、川縁までくると、馬から下りた。

駆け寄ってきた少年たちが驚いたように金虎に乗る八重を見たのち、頬鳥と紅薙から手綱を預かって、馬を崖下へと連れていく。馬小屋がそちらに作られているらしい。

「さっそくですまないが、移動の疲れを取る前に長老に会ってもらいたい」

頬鳥がそう言って、崖の壁面に設けられた木製の階へ足を向ける。

八重は金虎に乗ったまま頬鳥たちに従った。弟のほうも、人には戻らず虎姿でついてくる。

「長老方は、崖の上に設けた社にいる」

階を上がる途中、こちらを振り向きながら頬鳥が説明したときだ。

ズォンと地鳴りのような音が突然、あたりに響き渡った。鳥の群れが逃げるようにして木々から飛び立つ様子が見えた。

八重はびくっとした。金虎も警戒するように立ち止まり、周囲へ視線を走らせる。

「山鳴り……？」

八重の独白に、頬鳥と紅薙が苦い顔を見せる。

　再びズォンと不気味な音が響く。

　山の雄叫びのようだ。そう八重が心の中で呟いた直後、本当に目毘路山側の森の一部がめりめりと音を立てて揺れ始めた。

「は……っ⁉」

　八重は慎みを忘れて大きな声を上げ、目を凝らした。

　山鳴りとともに地表が割れたのではない。数十メートルもある巨大な生き物が縄をもって地に張り付けられている。無理やり起き上がろうとして、地鳴りが響いたようだ。

　恐竜かと思うようなその巨大な生き物は、全身が緑に覆われており、背中には木々まで生えている。狼系の生き物であろうことはその体軀を見てなんとなく察せられた。

「これは美治部の民……？　奇現の症状が進んでいる？」

　八重は、はっとした。奇現は死につながる病だ。自我を失い、変形して、朧者という異形と成り果てようとも、最終的には老衰時と同様に『奇還』し、死に絶える。

　こちらの世界の死は独特だ。骨は石木化し、尸蟲が住み着く。やがて完全に自然の一部となる。

「もしかしてあの奇現の民が、長老？」

「そうだ」

　八重の問いに答えたのは、紅薙だ。紅い瞳に夕日の色を重ねて、静かに言う。

「あの膨れ上がった化け物が俺の一族の長老、帆足だ。老いてはいたが身体は頑健そのもので衰弱する原因なんかなかった。それが急に奇現の症状を現して、あっという間に化け物になったんだ。いまは暴れないよう、ああして縛り付けている。……そしてまた、べつの長老に奇現の兆候が出始めた」

「他の長老にも？」

驚く八重に、紅薙ばかりではなく頬鳥も深刻な顔つきでうなずいた。

（そりゃあ、一大事だ……）

頬鳥が命懸けで八重を連れにくるわけだ。きっとはじめは誰も神梛の八重を見殺しにしたせいで奇現に罹ったなどとは信じていなかっただろう。しかし凶事の連続に驚き、試せるものはなんでも試そうと藁にも縋る思いで八重を捜したに違いない。

「それにしてもずいぶん大きい……、帆足様はもともと巨軀の方だったんですか？」

綺獣の中には稀に小山のごとく大きな体軀の者がいる。

だが紅薙はつれなく首を横に振った。

「あんなに大きな綺獣がいるかよ。奇現の症状が進むにつれてどんどん肥大化したんだ。いまや自我も残っていない」

八重は息を呑む。自我の有無は重要だった。自我を失えば、まず助からない。

「俺たちはもう、帆足翁の蘇生は期待しちゃいない。はっきり言えば、このまますぐにでも死んでくれるほうがよほど助かる。だが、見ろ。あの大きさ……赤縄で縛していなければ、高い神通力が津波のようにあたりへ溢れ出す。それが大気を歪めて災いを招く」

紅薙が冷徹な眼差しでそう告げる。

「部を滅ぼされるわけにはいかない。殺そうという意見も出たが、翁の子らが猛反発した。子どもたちに賛同した奴らが翁を赤縄で封じたものの、それが精一杯だ。そこであと数日の猶予を設けた。翁を鎮められるのならこのまま自然に奇還させよう。それができぬのならいっそ『堕つ神』として封じようと」

「封じたら、もう転生ができないのでは……」

虎兄弟の耳がある場所でそれを口にするのは気が引けたが、聞いておかねばならないことだ。この虎兄弟の魂がどこかいびつで、なおかつ記憶が失われているのに前の世の力を残しているのも、こちらの世界で封じられ、祀られていたためだと八重は思っている。

だが彼ら兄弟と違って帆足は、はじめからまがまがしき堕つ神として封じられる。これは彼の一族にとっても不名誉どころではない話だ。この先、穢れ筋の一族として忌避される運命が待つ。

「だからといって、部の存滅とは秤にかけられないだろ」

紅薙が苛立たしげに答える。

頰鳥が命を差し出す覚悟を決め、紅薙が無性の八重を娶る案を受け入れる。その程度の犠牲ですむのならと考えるほどの大事だったのだと八重はあらためて理解した。

——とはいえ、やっぱり美治部に降り注いだこの災いは、八重となんの関係もない。

（……いままでみたいに、好かれるためだけに動いて、私はいいのか）

また同じことを繰り返すつもりなのか、八重は自分に問う。

その答えが出る前に、三度の、ズォンという地鳴りの音が響く。目を凝らせば、揺れ動く木々の合間に赤縄が見える。それと、警戒を呼びかける民の怒声。帆足のそばに見張り番の者がいるのだろう。

西日に染まった山の木々は、まるで炎が広がっているように見える。神々しい美しさだが、不吉な光景にも思える。

八重ばかりでなく頬鳥や紅薙も、この赤い水面のような山の景色に気を奪われていたのだろう。誰もが口を噤んだその瞬間、一際大きな地鳴りがあたりに響き渡った。次いで、わあっと叫ぶ声が広がる。

崖の壁面に作られた家屋の濡れ縁から身を乗り出していた民が、帆足の封じられているほうを指差して「縄が外れた！」と訴える。

頬鳥たちが顔に緊張を走らせて帆足を凝視した。

おおと呪わしい咆哮が周囲を襲った。民が訴えた通り、帆足が、蜘蛛の巣のように身に張り巡らされていた幾本もの赤縄をものともせずに立ち上がっていた。

咆哮を繰り返す帆足の姿はまさしく化け物だった。体付きは狼に似ているが、顔はすでに変形が進み、土偶のようにぽってりと瞼が腫れ上がっている。頭部はほとんど木質化しており、雄叫びを聞かせる口内の牙にまで蔓草が絡み付いている。

帆足が身体に残っていた赤縄を振りほどこうともがいた。その拍子に、背に生えていた木々の幹が割れて落下する。帆足の付近を右往左往していた民の悲鳴がこちらまで聞こえてきた。

八重の横にいた白虎――栖伊が、人の姿に戻る。

「神通力があるにしたって、あんなに巨大化する者は見たことがない。おれや兄様を超える力を持つ民なんてそういないと思うのだけれどな……八重、おれはちょっとあっちへ近づいて様子を見てくるよ」

「えっ、危険だよ！」

「大丈夫、見るだけだ」

栖伊は明るく答えて再び白虎に変じると、ひょいひょいと軽い動きで崖の階を駆け下り、帆足のほうへ向かった。

「……紅雉、おまえは八重たちを非難させろ。これはすぐに封じられないだろう。俺は向こうへ助力に行く」

硬い声で言う頬鳥に、紅雉も同じような口調で答える。

「俺も行ったほうがいいだろ。帆足翁がもしもここから抜け出して他の部を襲えば、どうなるか」

「だがおまえを失うわけにはいかない。荒魂の性でありながら神通力を持つ子だ」

「うるせえ、そんな話はいま関係ないだろ。死んでしまえば元も子もない！」

——と、彼らが真剣な表情で言い争う間、八重を乗せている金虎と言えば、退屈そうに欠伸をしたり時々足元の木桁を前足の爪でがりがりと削ったりしている。階の、木桁の表面に浮かぶ節跡を掘ろうとするのはおやめなさいと、八重は金虎の耳を軽く引っぱった。

金虎からすれば、憎い美冶部の地がどうなろうと知ったことではないのだろう。

八重とて美冶部にはなんの思い入れもないし、ここへ来たくて来たわけでもない。だが、慌ただしく家屋から飛び出して帆足のほうへ走る民を前にして、帰りたいと言い出すこともできずにいた。

とりあえずいまは八重の出る幕ではない。早めに避難したほうがいいだろう。そう考えたとき、「八重！」という女の声が耳に飛び込んできた。

声のしたほうを見遣れば、薄紅色の袍に身を包んだ赤髪の女——御白が家屋のひとつから飛び出してきて、こちらに駆け寄ってくる。

「御白様、ご無事でしたか」

八重はそう言って金虎の背から下りた。

御白の他に、数人の女も姿を見せて、やはりこちらへ駆け寄ってくる。皆、花耆部から嫁いだ女たちだ。

「八重、あなたも無事だったのね！　もう、心配させないでよ、八重が殺されたんじゃないかと思ってどれほど私たちが胸を痛めたか！」

御白が、どんっとぶつかるようにして八重に抱き着いた。

言い争っていた紅雉と頬鳥がぴたりと口を閉ざし、八重たちを見る。

「心配させてごめん、御白様」

痛いほどの力でしがみつく御白の背を、八重はゆっくりと撫でる。

御白は姿形だけじゃなく、心根も美しい女だ。無性かつ部にあまり馴染めていなかった八重にも気安く接してくれる。

「ああよかった。よかったわ……」

御白が囁くように安堵の声を聞かせる。

八重はほろりと苦い思いを噛みしめながらも、御白の高い体温を全身で味わう。

（私はこの人が好きだ。好きという感情だけでいたかった）

彼女に汚い嫉妬を抱くことは、なおさら自分を苦しめる。

「……無事なのはいいけど、なんでこんなときに美治部へ来ちゃうのよ」

がばっと顔を上げた御白が責めるように八重を睨む。

「ねえ信じられる？　ここの男たちったら八重を見捨てたくせに、長老だかなんだかが奇現に罹ったからと言ってね、神棚だった八重の祟りじゃないかと騒ぎ始めてさあ！　死体だけでも見つけて封じるべきだって。腹立つったら……！」

「うわーっと御白様、お口閉じましょ！」

八重は慌てて御白の口を塞いだ。

（あー…、やっぱり美治部の民は私のせいにしようとしていたかあ……！）

薄々わかっていたことだが、ここで御白にそれを言わせたら彼女の立場まで悪くなる。八重は、激しい妬み以上に、快活で、はっきりと物を言う御白が好きなのだ。

しかし、神棚だったからといって仮にここで八重を供物にしても帆足の奇現の症状がやわらぐとはとても思えない。が、本当に藁にも縋りたい気持ちなのだろう。

（私が無性じゃなければ、道具のような扱いはされなかったのか）

少し心が沈みそうになる。荒魂性の男は、和魂の女に弱い。八重が御白たちのように和魂性なら、生贄扱いすることにもっと苦悩しただろう。

日常の中で生まれた差別ではなく、本能に根ざした感覚だからこそ、やり切れない。

頬鳥と紅薙が、八重たちを苦い顔で見たときだ。

帆足のほうへ向かっていた白虎がこちらへ戻ってきた。白虎は変化をとかずに八重の足に頭をこすりつけたあと、困ったように言った。

「あれはだめだね、縄の呪で神通力が漏れないようにしているけど、抑え切れていない。解き放たれたら面倒なことになるだろう。神通力がひどく濁っているから、このままだと周辺の水も腐り始めるだろうな」

「変だね、奇現は神通力を腐らせるような病じゃないのに」

八重は白虎の顔を撫でつつ首を傾げた。俺も撫でろよというように金虎が八重の袖を噛む。

八重は二頭をわしゃわしゃした。虎姿のときは撫でられると気持ちがいいらしい。

(私は美冶部を祟ってなんかいないし、そんな力もない。無関係だと自信をもって主張できるけれど、長老の奇現が普通じゃないのもわかる)

虎兄弟を撫でながら考え込んだとき、ちょいちょいと女の一人が八重の衣を引っぱった。

「ねえ八重、あれを鎮められない？　ほら、あなたはずっと奇祭の神棚だったでしょ」

「おやめ」

御白がすぐさま厳しい声を出してその女を窘めた。

「おまえたちまで道理の欠いた話に惑わされてどうするの」

……こういうところが、好きなんだよなあ。

八重は、羨望と好意をこめて御白を見る。

八重の理想を具現化したのがこの御白だ。嫌われることを恐れずに、だめなものはだめだと意見をはっきり言える。

「ああ、八重なら多少は宥められるんじゃないかなあ。少なくとも暴れるあれをひとまずとめられると思うよ」

白虎があっさりと肯定したので、その場にいた誰もが一瞬言葉を失った。

「でも八重が美治部を救う理由はねえわな。八重は、長老に一言告げるために来ただけだ」

金虎もまた、淡々と言う。

「えっ、この虎はなに？ なんだか黒葦様に似ているけれども……花耆部の民じゃないわよね？ どこの綺獣の人たちなの？」

御白が驚いたように虎兄弟を見下ろす。

八重は愛想笑いでごまかした。

「おい、本当に鎮められるのか」

まだなにか言いたげな顔をする御白を遮って、紅薙が早口で八重に問う。

「や、いや、ど、どうなのかな……？」

八重はしどろもどろになった。そんなの、わかるわけがない。

だが虎兄弟が、「俺たちのことも鎮められたじゃん。できるできる」という、よく懐いた飼い犬のような信頼のこもった瞳で見上げてくる。

「頼む」

と、紅薙が、それまでの不躾な態度を拭い去って真剣な顔つきで八重の手を摑んだ。紅薙の手はどきりとするほど熱かった。

「なんだってする。終わったあとに俺の首を刎ねようが四肢を斬ろうがかまわない。すべて呑む。頼む」

「八重、やらなくったっていいわ。八重にはなんの責任もない」

紅蓮の懇願にかぶせるように、御白が硬い口調で対極の言葉を吐き出す。

迷う心に決着をつけたのは、御白の言葉だ。

彼女は本気で八重を心配していた。だから、逆に、やれるならやってみるかと思えた。八重の立場はいまや部から切り離されて宙ぶらりんの状態だが、御白はここに嫁ぐ。この先彼女の生活が脅かされるのは嫌だ。

それに……、それに、なんだろう。

(好かれたいからじゃない。そうじゃなくて、うまくいえないけれど、違う)

八重は、自分の心を覗き込む。やらなくてもいいと庇ってくれる人がいるのに、やりたいと思ってしまうこの心を、どう言えばいいのか。

裏を読もうとせず、素直に人の好意を受け取ることが、こんなに気持ちを軽くするなんて知らなかった。

「……が、がんばってみようか」

呟く八重を、「あれを斬る？」「あれを呪う？」と虎兄弟がわくわくした目で見上げてきた。

いや、鎮めるだけだと、八重は虎兄弟の頭を撫でた。

とりあえず奇祭と思えばいいのだ。

鎮めるのが目的だから、手当てじゃなくて、奇祭。

八重は大雑把にそう考えて、亜雷の黒太刀を両手で掲げつつ川に架かる橋を進んだ。その向こうに、帆足がいる。身を縛る赤縄は残り三本、あれがすべてちぎれたら、極めて危険な穢れが——『朧者』が解き放たれることになる。

虎兄弟はのんびりてくてくと八重の左右を歩いている。

「うーからみから　えにしみし」

唱えるのは、幽世に行こうとする者をとどめる歌である。神去りを防ぐ呪とされている。これは秋から冬にかけて、収穫祭が終わったあとに行われる奇祭で使う呪文だ。……朧者になりかけの民に効果があるのか否かは、これからわかる。

「うーからみから　みつらつらなみ　まーしまし」

……あ、まずい。しばらく歌っていないから、呪があやふやだ。

「おろがみおろがみ　なーごめなごめ　よはひよみことよ　いやさか　いやなが」

言葉間違った？　虎兄弟の視線が痛い。

「あびそび　めぐしめぐしとさえずらむ　やれしーずめしずめ　かしこしやれ」

ちぎれた赤縄をかけ直そうと四苦八苦している民の姿が見えた。そちらからも八重の姿が見えたようで、驚いた顔をしている。

八重の後ろを、頬鳥と紅雉、それに他の屈強な男たちがついてきていた。振り返らずとも、気配でわかる。なにかあったらすぐさま行動を起こすつもりだろう。八重を殺すのか、それとも朧者と化した帆足を殺すのかは、考えないことにする。

「家族一族　縁見し　血族親族　御列　列並　坐し坐し」

西日はすでに死に絶えて、山の向こう。

気をきかせた民たちがあちこちに篝火を作り、松明を掲げていた。

ありがたいが、揺らめく炎が不気味な雰囲気を作り出している。空気もいささかひんやりしてきた感じがする。風が吹き込む谷間は、七月であっても夜になると涼しいと感じるときがあるが、それとはまた違う。

「大神拝み　慰め慰め　命よ命よ　弥栄　弥長」

地鳴りを起こして暴れていた帆足が、ふと動きを止めた。

そしてゆっくりとこちらを見る。

「阿比　鴗　愛し愛しと囀らむ　やれ鎮め鎮め　畏しやれ」

八重は呪を口に乗せながら、帆足の前で跪く。掲げていた黒太刀は膝に置いた。太刀は結構な重さがある。崖から川を渡ってきただけだが、この程度の移動でも腕がだるくなっていた。

「空蟬拝覧」

八重は両手の指を絡めて輪を作り、そこを窓に見立てて帆足の姿を確認する。ここからの眺めでも姿が変形したままなら、奇現はもう治る見込みはない。

「ん……」

緊張とともに覗いた指の窓の中には、ゆらゆらと不安定に揺れる帆足の姿が映っていた。水面に変形した姿が映り込んでいるような感じだ。魂まで病に冒されつつある危険な状態なのは確かだが、希望は捨てずともいい……気がする。

「大きな方、これは苦しいことでしょう」

思わずしみじみとつぶやくと、帆足が首を垂らして、八重にぐぅんと顔を近づけてきた。いまの帆足は数十メートル級の恐竜に等しい体格だ。当然顔も大きいので、巨大な壁が急接近してきたかのような恐怖がわく。八重は膝から太刀が落ちぬようあたふたと押さえ、仰け反った。

帆足の、土偶のように丸く腫れ上がった瞼の隙間から、ぼろりぼろりと雫が漏れた。涙だとわかったが、大盥から水が落ちてきているような状態になる。八重は、そんなに泣くなよ水浸しになるよと思いながらも手を伸ばし、木質化して茶色い樹幹のように変化しつつあるその苔生した鼻先を撫でた。

（治せるだろうか）

八重は心の中で自分に尋ねた。私しか治せる者がいないのだ、という思いが、このとき急に、八重の身の中心を貫いた。驕りではなく、恐れと、確信だった。

（治したい）

本当にできるだろうか。できなかったらどうしよう。

できてほしい。どうか、できる自分になってほしい。

帆足の様子につられたのか、俺も撫でろおれも撫でろと、おとなしく左右に座っていた虎兄弟が八重の肩や背中に顔を押し付けてくる。

八重は我に返ったあと、はいはいと、そちらも一応撫でておく。

「……先生」

と、頼りなげな声で誰かに呼ばれ、八重は振り向いた。

後ろには、いつの間にかずらりと美治部の民が並んでいる。声を発したのは、彼らの足の間から這い出てきた仔犬のようにもふもふの白狼だ。綺獣だが、まだ幼いせいか、人の姿を取ることができないらしい。

「じい様は、治りますか？」

そう切なげに問われて、八重は考え込んだ。

この幼い子は、帆足の処刑に反対した一族の者なのだろう。そして祓えの真似事をしたからか、八重は幼い子らに医者か呪術師と思われているようだ。しかし、一縷の希望は残していい、という程度で、帆足が予断を許さぬ状態であるのは間違いない。

答えずにいると、また民の足の間から新たなるもふもふの狼が出てきて、八重を囲む。

「先生、治してくれますか?」

「なにを捧げればよいでしょう?」

「じい様を助けてください」

毛玉のようにかわいい狼の仔たちに膝にのぼられて、また、民に見守られる中で、否と拒絶できるわけがなかった。

八重は狼の仔たちを撫で回しながら、「うん、手当てをしてみましょう」とつい口にしていた。

虎兄弟から「幼子に誑かされやがって、こいつめ」という冷たい視線を寄越されたが、背後の民からは安堵のどよめきが漏れた。八重はもふもふに屈した自分の意志の弱さを早くも後悔したが、その一方で、かすかに高揚もしていた。

やみくもに好かれるための決断ではなくて、八重はただ──。

(悲しい顔を、笑顔に変えたい。そうだった、私は最初、誰かの心から笑った顔が見たかったはずだ……)

いまのうちにと、おとなしくなった帆足を民が協力し合って再び赤縄で地に固定し直し、その日は終わった。

八重はというと、奇祭の真似事をしたせいか気力がごっそりと削られたようで、頭がふらふらしたため、身を清めたのちに休ませてもらった。虎兄弟は冷ややかに八重を見つめつつも、護衛のつもりなのだろう、人の形には戻らず隣に寝そべってくれた。

美冶部では、ハンモックは使わずにふっくらした敷き布団を何枚も重ねてベッド代わりにしていた。

疲労と緊張が重なったおかげで、すぐに眠気はやってきた。

だが、真夜中、帆足の苦痛に塗れた咆哮で八重は目を覚ました。地鳴りがしないので暴れてはいないようだが、それでもこの苦しげな咆哮を聞くのは胸が冷える思いがする。毎日このように泣かれていたのなら、きっと美冶部の民も胸を痛めて眠れぬ夜をすごしてきたことだろう。

「……馬鹿め」

ふと、隣から声がした。八重と一緒に掛け布団に潜り込んで休んでいた金虎が、円い目に非難の色を宿してこちらを見ていた。人の形のときだったらさすがに一緒に寝ようとは思わないが、どうももふもふ姿だと弱い。

太腿には、反対側に寝そべっている白虎の尾が絡み付いている。

「あんなの、放っておけばいいものを」

金虎がぼそっと呟く。帆足の手当ての約束をしたのが不服でならないらしい。

「私も、ちょっとは軽率だったと後悔してる……」

金虎の頭を撫でながら答えると、ふんと鼻を鳴らされた。

夜の静けさは、高揚していた心をいくらか覚ます。期待を持たせたあとの失敗ほど、苦しいものはない。

「まあでも、あいつを癒やせば、八重は美治部にも残れるだろうし、花耆部にだって戻れるだろうよ」

悪い話をされたわけではないのに、金虎を撫でる手が勝手にとまった。

確かにそうだ。帆足の手当てがうまくいけば、八重自身の今後も開ける。

「……亜雷たちは、どっちの部がいいと思う？」

本当は、どっちの部だったらずっと一緒にいてくれる？と聞きたかった。だが、その勇気がなかった。

「どちらも嫌に決まっている」

「……そうだよね」

美治部は彼を封じた民の子孫が暮らす地、花耆部はその封印を継続させた民が暮らす地。どちらも同じくらいに激しく憎んでいるに違いなかった。

それなら、八重がどちらかの部を選べば、いずれは亜雷たちと別れることになるのか。

「おまえなあ、仔にせがまれた勢いだけで頼みを聞き入れたわけじゃねえだろ。本当のところは、大勢の前でできぬと言えなかったんだろうが。それほどまでに他人の失望が怖いかよ」

呆れたように放たれた金虎の言葉は鋭い矢に等しかった。八重の心臓をまっすぐに打ち抜く。

そういう怖さだけに突き動かされて決めたわけじゃない、とすぐに反論できない。

「おまえを本心から求めているわけでもない奴らの失望や落胆が、なぜそんなに怖い？」

心底わからないというように金虎が尋ねる。

（それは、たくさんの愛情を注がれてきた者だから簡単に口に出せる言葉だ）

八重の心に影が落ちる。前の世とこちらの世の人生を合計すれば、もうかなりの年齢になるというのに、いまでも過去に味わった苦しさが脳裏をかすめるときがある。

大学時代の恋人が、自分といるときよりも楽しそうに他の女子と笑い合っている姿を見たこと。自分といるときに、あんなに口を大きく開けて心から楽しいという笑顔を見せたことがあっただろうか。そして会社では、いつも様々な挨拶が他の同僚のあとだった。朝のおはよう、ランチの誘い、帰社時のお疲れ様。あぁあなたもそこにいたんだっけというように、なんでもない笑顔で、最後に声をかけられる。

どれもすべて、気にするほうがおかしいというような、些細な引っ掛かりだ。

だがいつだってほんの少しだけ、八重は皆から無意識に後回しにされてきた。無意識の行為だったから、嫌だった。——そういう被害妄想がどうしても抜けずにいた。いまもまだ、抜き切れない。少しずつ変われそうな自分を感じているのに、あと一歩が踏み出せないでいる。愛されたい、という願いは本来、美しいもののはずなのに、自分はそれをひどく恥ずかしく感じている。

「そこまで他人にいい顔をしても、おまえのためにはならないぞ」

答えない八重に焦れたらしく、金虎が強い声を出す。あまり大きな声だと白虎も起きてしまうと、わざとらしいような言い訳を八重は考えてしまった。それをわざとらしいと、純粋な心配ではないと、とっさに卑屈に考えてしまう自分を、八重はとめられない。

「ちゃんとわかってるよ」

「わかってねえ」

金虎が叱るように切り返す。彼は、黒葦として八重の暮らしを花耆部で見てきている。八重がどんな性格をしているか、ひょっとすると八重自身よりわかっているのかもしれない。

「……私、もう寝るから」

「おい、泣くな。なんでこれで泣くんだ」

「泣いてない」

嘘だ。瞼が熱くなっている。

（亜雷が、どっちも嫌な場所だけれど、それでも一緒にいるって、言ってくれないから）

そんなずるい考えが頭に浮かぶ。八重を一度は殺そうとしたのに、いまだそれを謝ることもしない。ただ平然と隣にいるだけだ。八重を認めているのも、弟の栖伊を治したことが大きい。その後、同行しているのだって、奇現の再発防止のためにすぎないのではないか。――またこうして八重は、深みに嵌まる。

「……八重、俺に言いたいことがあるんじゃないか」

ふと、金虎が硬い声で尋ねる。

「ないよ」

あるよ、と言えない。いまだって八重は、亜雷の中で「後回し」の存在だ。なのに、どうしてぐちゃぐちゃになった恥ずかしい望みを口に出せるだろう。

（亜雷はなんでもぽんぽんと口に出すように見えて、自分の心はあまり明かさない）

八重は強引に金虎の頭を抱きかかえ、瞼を強く閉ざした。

金虎が諦めたように、ふうと鼻を鳴らした。

やはり、帆足の泣き声が気になって寝付けない。

仰向けになって熟睡している無防備な虎兄弟を見つめたあと、八重はそっと部屋を抜け出した。美治部の地は夜間も篝火が焚かれているので、明かりを用意する必要がない。

八重は濡れ縁に出てから、皿を半分に割ったような月を見上げた。

その後、崖の壁面に取り付けられている階をゆっくりと下りる。

(羽織るものを持ってくるべきだったか……)

なにを隠そう、花耆部の地でフード付きポンチョを流行らせたのは、八重である。現在は冬の定番の外套になっている。ちなみに写実絵画も驚かれた。

(こっちの地に私がとどまれば、いつか、花耆部みたいにケーブル編みのポンチョが流行るのかな)

八重は帆足のいる川へ足を向けながら考える。

細かいところでは、服をかけるハンガーだって流行らせた。虫除けの香油は、女性たちに感謝された。髪飾りなどを作ったときなんて、皆、大喜びしてくれたっけ。

(私が心を開いていなかったから、遠巻きにされていると感じていただけか)

記憶を辿れば、八重に声をかけてくれる人はたくさんいた。好かれることにこだわりすぎて、目が曇っていた。

おおおと泣く帆足の前まで来て、八重は足をとめた。

身を隠しているのか、見張り番の姿はどこにも見えなかった。

縄で地に縫い付けられている帆足は、腫れぼったい瞼を薄く開いた。眼球ももはや木質化していたが、そこから涙が落下した。

八重は腕を伸ばし、苔生している口の端を撫でた。

「苦しいよねえ」

自分の声が夜に溶ける。知らず切実な響きが声に乗ってしまった。

「……私、あなたを治したい。——いえ、苦しさを、とにかく取り払いたいと思ったんです。涙を見せられたり、悲しい顔を向けられるのが好きじゃないから。笑顔が、好きです。でも本当は、大勢の失望が怖いから治したいのか、ただちやほやされて好かれたいだけなのかとか、嫌な考えがいつだって胸にわいてしまう。それも、どうしようもなく私なんです。そんな私に、本当に誰かを治し、助ける資格はありますか」

八重が、苦しい心を吐露した直後、ふっと誰かの気配が後ろに立った。

驚いて振り向いた瞬間に、頭を抱え込まれる。ふわふわした天衣が頬に当たった。——亜雷だ。

「違う、八重。それは俺の言った言葉だ。失望が怖いんだろうと、俺が勝手に決め付けたか。いや、俺はやっぱり美冶部の奴の手当てなんざする必要はねぇと思っている。だから八重が手を貸すのが、嫌なんだ。やめてほしい。だが、八重を否定したわけじゃねえ。そこは、わかれ。……わかってくれ。資格と言うなら、とうにある」

「……うん」

「俺は、八重を信用し切れない。……あぁ、これも違うか。俺自身に、他人を認める余地がまだねえのか。あぁくそ、俺のほうが……。八重、おまえが悪いわけじゃない。そこも、わかってくれ」

八重は鼻の奥がつんとした。

亜雷の顔を見ようとしたが、ぐいと力強く頭を胸に押し付けられた。

「亜雷、私を慰めてくれてる?」

「……悪いか」

気まずさの滲んだ返事が来る。

(そうか……)

亜雷の心にも、なにか迷いと苦悩がある。

過去が過去だから、人を信用し切れなくて当然だ。

いつか心を打ち明けてくれる日を待とう。その頃にはきっと、信用が生まれている。

その日が来るように、八重も変わらなくてはならない。

そう思って、八重は、亜雷の袖を少しだけ握った。

❾

──そうして、帆足の治療が始まり、数日がすぎた。

いまや美治部の民のほとんどは、八重がどういった経緯でこちらへ来たかを理解している。

だが、八重を侮る者はいなかった。見捨てた無性の嫁候補というよりは奇現を治す医者という意識のほうが強いようで、美治部の民は丁寧に接してくれる。

中でも態度が大きく変化したのは紅薙で、八重に悪態をつくことはなくなった。時々は亜雷に絡んで口が悪くなっているが。

帆足の治療は、基本的には栖伊のときと同じだ。

右側を下に寝そべってもらったあとで、腹部をばりばりと開張してもらい、骨や臓器にたかる尸蟲を取り除く。

気分はもはやホラー映画の幽霊船探索だ。梯子をいくつも帆足の胴体に引っかけてのぼる。

帆足の骨はすでに大半が木質化していた。枝となった肋骨に花が咲き、実もつき始めている。

さらには、尸蟲がびっしりと枝にくっついている。とくに上半身側に多い。

この戸蟲もやはり繭の形状に似ているが、完全に不透明で、全体的に灰色がかっている。それに、繭の糸はかなり硬く、八重の力ではナイフを使用しないと骨から切除できない。

このため、帆足の体長が恐竜並みのサイズなこともあって、いっこうに手当てが進まなかった。民に切除の協力を仰ぐのも不可能だ。無性で、なおかつ長年神棚をつとめ、さらには本能レベルで奇現を拒否している八重だからこそ、感染せずにすんでいる。

「ひょっとしたら頭蓋骨の中にも戸蟲が潜り込んでいるのかな。脳も退化が始まっているようだし……」

「おい、逃げ腰になるんじゃねえ」

左側の太い肋骨の裏に回り、胸骨を足場にして洞窟めいた仄暗い体内を眺めていたら、付き添いの亜雷が冷ややかに八重を窘めた。

亜雷には小さなランプを持ってもらっている。余談だが、このランプは花耆部にあるウィスキーハウスの入り口を削ったときに出たガラスの破片を溶かし、形成し直したものだ。

美治部に到着したその翌日に、亜雷に頼んで持ってきてもらった道具である。

「八重が、手当てをすると言ったんだぞ」

亜雷はいまだに八重が帆足の治療を引き受けたことに納得していないが、一応は譲歩の姿勢を見せてくれている。

「ちまちまと雑魚蟲を払っても意味がないだろ。その間にまた繁殖しやがる。親玉をあぶり出さねばこの化け物はいつまで経っても治らねえ」

どうやら尸蟲には、病の核となる親玉が存在する。女王蜂みたいなものだ。

「除去の合間に探してはいるんだけれど、その親玉が全然見つからないんだよね……。栖伊もいま、頭部のほうを見てくれてる」

「あいつ、朝から姿を見ねえと思ったら、ずっとこいつの身体ん中にいるのか」

亜雷は渋面を作った。

八重は、ゆるく弧を描く胸骨に腰掛けると、ナイフをしまい、軽く手を払ったのち、ウエストバッグを開けて小袋を取り出した。その中からドライフルーツをつまみ、隣に座って「あー」と顔を近づけてきた亜雷の口に放り込む。八重もひとつ取り出して自分の口に入れた。

疲労が溜まると、考えもまとまらない。糖分がほしい。

「この化け物はもう痛覚が正常に働いていないから、くすぐったいと感じる程度だろうが……それでも体内で異物が歩き回ると負担がかかるもんだ」

そう言われ、肋骨を止まり木代わりにして腰掛けているのが申し訳なくなった。

いったん地上へ降りようかと腰を浮かしかけた八重の腕を、亜雷が押さえる。

「いや、派手に動き回りさえしなきゃいい。頻繁に出入りするほうが逆に落ち着かねえだろうよ」

「そっか」

「で、おまえ。この化け物を治したあとは、どっちの地を選ぶんだ？」

不意打ちで問われて、八重はドライフルーツを喉に詰まらせた。元凶の手が、ぽんぽんと八重の背を叩く。

「ま、まだ決まってない」

「ふーん。それはどうでもいいが、まだ俺に言いたいことがあるだろ」

「ない。ないです」

八重は胸を押さえて答えた。

真夜中に話をして以来、亜雷はなにかひとつ吹っ切ったのか、ことあるごとにこの質問を投げ付けてくるようになった。おかげで心臓に悪い。

まだなにか言おうとする亜雷の口に、八重は新しいドライフルーツを放り込む。彼は眉間に皺を寄せながらもそれ以上の問いかけを断念し、ドライフルーツを食べるほうに意識を向け始めた。

八重が内心ほっとしていると、「なあ、状況はどうだ？」と地上から声がした。

視線をそちらへ投げると、梯子を上がってきた紅雍が姿を見せる。

「……あまりこちらには来ないほうがいいよ。感染するかもしれない」

八重はためらいながら忠告した。

他の民にもなるべく近づかぬようにと言い聞かせている。

「俺は神通力持ちだ、病や穢れには耐性があるんだよ」

神通力があるからまずいのだが、紅雍は聞こうとしない。八重たちと向き合うように、手前の骨に腰掛ける。

「帆足翁は本当に治るのか？……いや、尸蟲の数が減っているのはわかるんだ。あんたはよくやってくれている。だが、こうして見ると――臓器の大半は乾涸びて、木質化してしまっているだろ」

「おお、そうだ。無駄な手当てだな、やめるか」

瞼に憂いの色を乗せる紅雍につれなく答えたのは、八重ではなく亜雷だ。こら、と八重は窘める意味でドライフルーツをいくつかまとめて亜雷の口に入れた。亜雷は反省するどころか美味しそうに目を細めて食べている。

紅雍は亜雷を軽く睨み付けたが、すぐに視線を八重へ戻した。

「……難しい頼みをしていると承知している。正直な話、帆足翁がおとなしくなっただけでもじゅうぶんに役目は果たしてくれたと思っているんだ」

「だろうな。おまえたちが一番困るのはこいつが大暴れして外へ逃げ出すことだものな」

これも答えたのは亜雷だ。

静かになさいと八重は、またドライフルーツをひとつかみし、亜雷の口に入れた。……もしかして、これが目当てか？

「ああ、その通りだ」と紅蓮が、今度は素直に亜雷の言葉を肯定した。

「おとなしくなってくれると、助かるんだ」

「そうとも。このまま死んでくれてもよい」

——これに答えたのは、亜雷ではなかった。

八重でもない。

梯子をのぼってきた頬鳥——の肩に担がれている、齢二百はいっていそうな、小柄な翁だ。耳当て付きの帽子を深く被っている。着用の衣は、夏だというのに綿入りの厚手の袍だった。

「無論蘇生がかなうのが、最もよい。が、死んでもよい。死ねば、もう暴れる心配もない」

非情な話をさらさらとした乾いた声で翁は告げる。

頬鳥は、八重たちをちらりと見遣ると、骨に絡まる太い蔓を摑んで器用に紅蓮の隣へ移動した。そこに翁を座らせる。

「わたしは美治部の前の長、玉尾だ。いまは長老などと呼ばれる者の一人だが、実態はただの隠居爺よな」

さばさばと自分の身の上についても突き放した言い方をするが、皮肉な気配は感じないし聞き苦しくもない。老いた者だからこそ許される薄情さと自虐、それをこの玉尾はよくわかっている。

「八重と言ったかね。やあこれは……、本当になんの匂いもせんな」

「無性ですので」

美冶部に来てから誰もがあえて触れずにいてくれたことに、玉尾はずばっと切り込んできた。

「臭くないからいいんだろ。雑魚爺にはそれがわからんか」

亜雷の反論に喜んでいいのか悪いのか、八重は悩ましい気持ちになった。

（たぶん庇ってくれたんだろうけれど、自分以外の人を雑魚というのはやめてほしい）

頰鳥と紅蕹の両方から微妙な視線を感じて、八重は愛想笑いを浮かべた。

寛容なのか他者の非難など痛くも痒くもないのか、亜雷の言葉に腹を立てる様子もなく玉尾がふんふんとうなずく。

「いやな、惜しいと思っただけよ。他の娘のように和の御魂を持っているなら長の二の妻にしてもよいと思ったが」

「はあ⁉」と亜雷と紅蕹が同時に叫んだ。

「ふざけんじゃないぞ雑魚爺。おい八重、こいつを宙へ放り投げてもいいな？」

「玉尾翁、冗談がすぎる。美冶部のほうから頼み込んで花耆部の女を送ってもらったんだぞ。無性だろうが、二の妻の座に置けるわけがないだろう。いくら長の妻の座といえどもだ。二番目は二番目でしかない」

二人の剣幕も軽くいなして、玉尾は首を傾げる。帽子を被っている上に、鼻の位置まである面紗をつけているため、玉尾の顔立ちがよくわからない。だが、白くて長い髭が顎を覆っている。それを玉尾は、小枝のように痩せ細った手で撫で付けた。

「花耆部がよくおまえさんを手放したねえ。神通力はないが、驚くほど御魂が丸い。それに、がんじがらめというほどに怖いものに守られている」

玉尾はそこでわずかに、亜雷へと顔を向けたが、またこちらに視線を戻したようだった。

「それで、どうだい。紅蕹か、頬鳥か？」

なんとなく質問の意味は察せられるが、八重はすぐに答えられなかった。というより、答えにくい。

「頬鳥に神通力はない。綺獣としての能力も高くはない。翼を持つが、それを現しても飛べぬのだ」

視界の端で、頬鳥が目を伏せた。

本人の前で言わないでほしいと八重は焦りを抱いたが、玉尾に気にした様子はない。

「しかしな、予知に近いほどに勘が働く。そして遠目がきく。こればかりは綺獣の能力が高い者すらかなわぬ。おまえさんの居場所を突き止めたのもこの頬鳥の力だよ。戦士としては、見ての通りだ。弱い男が嫁をよそから得ることを許されるものかね」

面紗に覆われていない口元が歪んだ笑みを作る。

「紅蕹も、やはり見ての通り。美しかろう。荒ぶる魂を持ちながらも神通力を得た。これは育てば長にもなる者だが、生まれるのが早すぎた。いまの長はまだ若い。その弟もまた傑物だ。

予期せぬ不幸でも起きない限り、紅薙が長になるのは難しい」

「だから俺は、そんなものに興味はないっていつも言っている」

紅薙が気色ばむが、玉尾はまったく相手にしない。八重だけに語りかけている。

「どちらを夫にしても、不足はないだろう」

「……でも、私は無性です。互いにつらい思いをすることになりますよ」

八重は、断る口実としてそう言った。日頃、無性の生まれを切なく思っているのに、都合のいいときには逃げ道にしている。勝手なものだと自嘲したくなるが、八重はなんでもない顔を装った。

（玉尾様は私を求めているんじゃなくて、たぶん亜雷と栖伊が気になっているだけだ）

虎兄弟の神通力は他と質や格が違うと、無性の八重でさえ感じる。百年前に美治部の民が亜雷を長に据えようとして、断られたときに封じたのも、その高い神格を恐れたからではないか。

ただ神通力が優れているだけの者を厳重に封印するわけがない。

となると、当時の美治部の民は彼がどういう存在なのかを薄々察していたのだろう。

それにしても、やっぱりここでも八重の心や意思は「後回し」にさせられるのか。

いつまでたっても、ついで扱いだ。

（まだ傷つく自分、どうにかなんないかな）

いや、傷ついた、と正直に示せない自分を変えねば、意味がない。

深みに嵌まって俯きかけたとき、亜雷が突然八重に声をかけてきた。

「八重」

「俺になにか、言いたいことはあるか？」

「――え？　いえ、ないよ」

いまのタイミングでその問いを投げかけられるとは思わなかったため、八重は戸惑った。

（この人も、意外と考え込むタイプだ）

むむと不機嫌そうな顔をする亜雷を、八重は静かに観察する。

八重とは逆に、他者に求められすぎたことが心に色濃い影を落とす原因になっている。

今しがた玉尾が誇ったように紅蓮は確かに美しい男だが、八重にとっては、この亜雷が最も目を奪われる存在だ。瞳の色が向日葵みたいに明るいので、すっと視線が吸い寄せられるのかもしれない。黒葦の姿のときは淀んでいたのにずいぶんと変わった。

短い沈黙が降りたとき、戸蟲の親玉を捜していた白虎が身軽な動作でひょいひょいと骨伝いに飛んできて、八重の横にお座りした。労りをこめて顔を撫でる八重に「なんの話をしていたんだ？」と、白虎が尋ねる。銀の瞳に浮かぶ五つ星に似た環紋がくるりと動いていた。

おそらく玉尾は、兄弟の、この珍しい環紋に気づいたのだ。

「八重をそこの惰弱野郎の嫁にするって話を聞かされたから、どう始末すべきか悩んでる」

亜雷の爆弾発言に、白虎がきょとりとする。

「なぜ今更八重をよそにやらねばならない？　図々しい民だね」

　これをいつもの優しい声で言われて、八重は顔が引きつりそうになった。

　だがその一方で、面映ゆいような気持ちと、もしかしてという期待が膨らむ。白虎は、八重がそばにいると嬉しいのだろうか。

「それより八重。おれはこの地があまり好きではないな。もう出ていこうよ」

　ある意味、白虎は亜雷以上にマイペースかもしれない。

「どうして？」

「だって化け物の中には、尸蟲の親玉がいないもの。ならこれは、呪詛が原因で奇現に冒されたんだよ」

「はっ⁉　呪詛？」

　思いがけない説明に驚く八重に、「うん」と髭を上下させてうなずいてから、白虎は感情の読めない目を玉尾に向ける。

「誰が呪ったか、おまえたちはとうに気づいていたんじゃないか？」

「おい、呪詛ってどういうことだ」

　紅薙も驚いたように尋ねる。頬鳥もまた困惑の表情を浮かべて八重たちを順番に見ていた。

「さて。穏やかな話ではないなあ」と玉尾が溜め息をつく。

「花者部の民もだろうが、同じ部の者を呪うことなどまずせぬよ。そんな真似をすればおのれが追放の憂き目に遭うものな」

「おれはなぜこの化け物が呪詛をかけられたかなんていう理由、どうでもいいよ。ただその事実を知っていたのに、手当てをすると請け負った八重に隠していたのが、嫌なんだ」

帰ろうよ、というように白虎が八重の袖を噛んで引っぱる。あまり強く引っぱられると肋骨の上から落ちてしまう。待ちなさいと八重は白虎の顎を撫でた。

「……そうだな。そこの若造が、すでに八重はじゅうぶん役目を果たしたと言った。もうこれ以上手を貸す道理はねえ。あと、八重はおまえたちの嫁にはならない。理由は、俺が気に食わないからだ」

亜雷は第二の爆弾発言をすると、驚いている八重の身体を持ち上げて白虎の背に乗せた。八重の制止も聞かずに白虎はトンと足元の肋骨を軽く蹴って、地面へ飛び降りた。亜雷は人の姿のまま、器用に骨から骨へと移動し、地面に着地した。

肩にかけている天衣の効果なのか、亜雷の動きはいつでもふわりと軽い。

美冶部に滞在中、借りている崖の家屋へ向かいながら、亜雷が忠告する。

「八重、この地に残るつもりなら、あいつらと契りを結ばされるぞ。どうしたいのか、早めに決めろ」

「……うん」

小声で答えると、白虎が毛を膨らませた。

「えっ。八重はああいう男たちが好きなの？　夫にしてもいいと思っている？　なぜ？」

ストレートになぜと聞かれて、八重は困惑した。

「してもいいと思っているんじゃなくてね……、むしろ政略結婚に近い話で……」

「おれや兄様がいるのに、彼らを選ぶ？」

「そ、そういうことでもなくてね！　しがらみの問題だよ」

「しがらみ？　よくわからないけれど、八重はおれたちよりもそのしがらみが必要？」

八重は言葉に詰まった。

「栖伊、いいぞ、もっと言ってやれ」

無責任に声援を送る亜雷を、八重は少し睨んだ。

「八重は、言いたいことがあるくせに、言葉を窒息するまで飲み込むよな」

「――そんなことない」

八重は吐息を落としたのち、先ほどの話について白虎に尋ねることにした。

「ねえ栖伊。本当に帆足様は呪詛が原因で奇現に罹っているの？」

「そうだよ」

白虎は興味がなさそうに、のんびりと答える。

「おれは呪詛には鼻がきくんだ。普通の奇現と違って、あの戸蟲は腐った臭いがする。試しに骨の一部を削ってみたら、中に蟻と泥がびっしり詰まっていたよ」

「待って、骨を削るとかなにやっているの。……えっ、蟻？」

「蟻は、義を食う虫だ。帆足か、それに近しい者が、義を欠く行いをどこかでしたんじゃないかな。そしてどこかから呪いをもらってきたんじゃないかと思うね」

だからおれ、ここはなんだか嫌いだな、と白虎は少し強い口調でしめくくった。

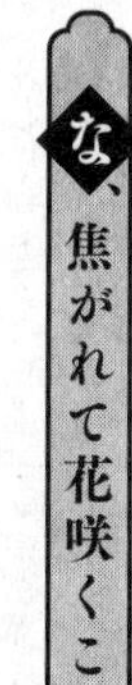

その夜は、もしかしたら八重たちがすぐにでも美冶部を出ていくと誤解したのか、部屋に運ばれてきた食事は豪勢なものになった。

湯浴み後にも、子どもたちがそっと近づいてきて蜂蜜の飴をくれた。

帆足が完治するまで美冶部にとどまってほしいという民たちの思惑がわかるため、気まずさを覚える。八重はその夜、早めに床についた。

いつもハンモックで寝ていたからか、ふかふかとした美冶部の寝床はどうも落ち着かない。

今日も眠りが浅く、ふと八重は夜半に目を覚ました。

違和感を覚えて掛け布団をめくり、身を起こせば、なぜか亜雷の黒太刀が横にある。兄弟の太刀はそっくりだが、亜雷のほうは鞘に金の雫の模様が散っていて、栖伊のほうは黒い雫の模様が散っているので区別がつきやすい。

いったいいつの間に黒太刀は八重の布団の中に潜り込んだのだろう。

「この黒太刀、ちょっとフリーダムすぎない……？」

夜の散歩のつもりで、ガタガタ動きながら八重の布団に潜り込んだのだろうか。なにそれ怖い。

いや、亜雷がこっそりと部屋に侵入し、八重の布団の中に忍ばせたのかもしれないが、それも意味不明で怖すぎる。

とりあえず亜雷の部屋に戻しにいこうと、八重は襟元と帯を整えたあと、黒太刀を持って立ち上がった。

虎兄弟は隣の部屋で休んでいるはずだ。本当は、男女という理由でべつの家屋を用意されていたのだが、兄弟はそれを無視してこちらのほうに寝泊まりしている。自分たちの間に間違いが起こるはずもないので、八重も気にしなかった。

(無性だもんな)

黒太刀を抱えて通路、つまり濡れ縁に出る。そこで八重は足をとめ、手すりから身を乗り出して川のほうをうかがった。帆足は暴れたり泣いたりしていないだろうか。あのあたりに篝火が燃えているはずだが——なんだ、あれ。

「松明?」

八重は目を瞬かせた。川縁だけではなく、ふと地上を見下ろせば、崖の壁面に設けられた階にも松明が並んでいる。いや、誰かが列をなして、松明を掲げて進んでいる?

八重のいる家屋は、崖の上部に作られている。

川のほうへ偵察に行っていた者が戻ってきたのだろうか。はじめはそう思ったが、様子が変だ。……なにか、集団から声が聞こえる。

「おりますか　おりますか」

「おりませぬか　おりませぬか」

誰かに、そこにいるのかと呼びかけているようだ。

八重は手すりにしがみついて目を凝らした。

「おりますか　おりますか」

「折りますか　折りますか」

「折りましょう　首を折りましょう」

八重は、息を呑んだ。

――松明を持っていたのは、緋袴の白拍子たちだ。

だが、松明を握る手は、煤けた枝だった。そして顔もまた、目と口と鼻のパーツを丸く抉り取っただけの、木彫りの人形にすぎなかった。

（人間じゃない。朧者とも違う！）

ぞっとした瞬間、握っていた黒太刀が小刻みに震えた。八重は驚きで黒太刀を落としそうになったが、これはきっと逃げろと警告しているのだと察し、慌てて部屋のほうへ踵を返した。

飛び込んだ先は、虎兄弟の部屋だ。寝ているのか、板敷きの中央に寝床が二つ作られており、その掛け布団が人の形に盛り上がっている。八重のランプがなぜか二つの寝床の中心に置かれていて、赤い炎を揺らめかせていた。

「目を覚まして、二人とも！　なにかおかしいことが起きてる――」

返事をもらう前に掛け布団をめくり、八重はそこで動きをとめた。確かに、人の形に掛け布団が盛り上がっていたのに、誰も寝ていない。ただ、敷き布団の中央にドライフルーツ入りの小袋が落ちていた。

それを手に取り、言葉なく見つめたあとで、「折りますか」という声とともに複数の足音がこちらへ近づいてくるのに気づく。

通路を、あの木彫りの白拍子が歩いている。

八重は、はっと顔を上げた。部屋の戸が開けっ放しだ。

戸を閉めようと、右手に黒太刀、左手に小袋を握り、這うようにしてそちらへ近づいたが、過ちの行動だった。すでに部屋の前に、木彫りの白拍子が立っていた。

「折りますか」とその白拍子が言った。

八重はとっさに小袋の中身を目の前にばらまき、両手で黒太刀を掲げて座り直した。頭は下げ、決して仰がない。

「居りませぬ。手折るもの居りませぬ」

そう返答してしばしの沈黙後、白拍子は足元に散らばっていたドライフルーツをひとつつまんで、去っていった。

だがまだ安堵はできなかった。次にやってきた白拍子がやはり同じように足をとめて、「折りますか」と尋ねてくる。八重は「居りませぬ」と返す。

その問答を何度も何度も繰り返した。不思議なことに、目の前に散らばるドライフルーツは、減ってもまたもとの数に戻っていた。

ところが、あるときから、白拍子がすぐに去らず、しつこく「折りましょうか」と尋ねるようになってきた。

この頃には、もはやここが一種の奇祭の場──次元が少しズレた場に変化していると八重は気づいていた。

そして、供物代わりのドライフルーツの効果が失われ始めていることにも。

(気迫に呑まれてしまう)

なにか、この怪異を払える呪はなかっただろうか。

焦りばかりが募って、冷静に考えられない。

「折りましょうか」

「居りませぬ」

「居りましょうぞ、折りましょうぞ。かわいい首を折りましょうぞ」

声とともに、なにかがごろごろと通路を転がってきた。白拍子の、木彫りの頭部だった。

頭を下げていた八重と、頭部の目が合った。その黒々とした二つの穴を見てしまった。

(あ、だめだ)

八重はそう悟り、とっさに勢いよく鞘から太刀を抜いた。生涯に一度あるかないかの反射神経を発揮して、こちらに伸ばされた白拍子の腕を斬り落とす。

だが奇跡はそこまでで、八重はごとっと落下した白拍子の腕を見て、戦意を失った。斬り落とした腕は、芯まで煤けている枝だった。

「折りましょう　折りましょう」

白拍子が次々と部屋の中に入ってくる。

どれほど問答しても、きっと無駄だ。きりがない。明確に八重を狙っている。

(私、呪われたんだ)

誰かが八重に呪詛を投げ付けた。その相手は、わからない。

奇祭の真似事はできても、自分に仕掛けられた呪詛なんて返せるわけがなかった。

「あ……嫌だ。死にたくない」

八重は無意識に呟いた。

そうだ、いつだって死にたくなかった。生きたかった。

(あの日だって、死なずにもがいた)

後回しの存在でも、ついで扱いでも、生きることを諦めたくなんかなかった。

だって、生きていなきゃ、愛も恋もわからない。

（誰かに愛されたかった。愛したかった。役に立ち、喜びを分かち合って、笑顔になってほしかった）

特別なきっかけや重い事情なんてない。はじまりは、まわりにいる人たちに笑ってもらいたいという、ごくありふれた欲求だった。単純に、笑ってくれたら嬉しい、声をかけてもらえたら嬉しい。それだけだ。なのに大人になるにつれ、より臆病に、より貪欲になった。両手で掻き込みたくなるくらい、他人の好意に餓えてしまった。

こちらに近づく木彫りの白拍子を見つめたとき、なにか言いたいことはないか、という亜雷の声が急に頭の中で響いた。

「生きたい……。私、生きたい。でも一人は嫌だ。誰かに一緒にいてほしい。好きな人がいい。私は……亜雷、あなたが私を殺そうとしたことを許していない。どうして謝ってくれないの、ひどいじゃない。ねえ、答えてよ。私――すごく、嫌だった！　もう、なんでもいいからここに来てよ!!」

八重は、亜雷を石碑から解放したときのように、心のままに叫んでから、刀身に口付けた。

その瞬間、天井が……ぴしっと鳴った。

「えっ？」と仰いだ瞬間、ばりばりと音を立てて天井が割れた。唖然とする八重の前に、天衣をまとった亜雷が降りてくる。

亜雷は、軽く着地すると、ふんと尊大な態度で八重を見下ろし、「うるせえわ」と言った。

「呼ぶのが遅いんだよ。俺の太刀を持っているんだから、もっと早く呼べるだろ」

亜雷はそう叱り飛ばすと、割れた天井の木屑を浴びて放心する八重の手から黒太刀をもぎ取った。そして容赦なく木彫りの白拍子を蹴散らす。文字通り、足でだ。それからざくざくと斬り捨てる。

(——え、物理なの。全部物理攻撃で押し通すの!?)

八重はてっきり——黒太刀が亜雷に変身し、そしてここから颯爽と連れ出してくれるといっ

たファンタジックな展開が発生するのだろうと、少し期待していたのだ。

が、甘い幻想だった。現実は天井からの突入で、物理的に呪場をぶち壊すといった、色気皆

無なパワー押しによる救出だ。

「は、呪詛だろうが呪場だろうがな、叩き壊してしまえば関係ねえ!」

とても脳筋です。

八重は心の中でそう突っ込んだ。

白拍子を粗方駆逐したあと、亜雷は脳筋の真髄を披露してくれた。部屋の引き戸にも一太刀

浴びせ、その後は濡れ縁の、屋根を支える太い柱までもばっさりと叩き斬る。どこにそんな力

があるんだと八重は震えた。

ごおおっと音を立てて、家屋が崩れる音が響く。

一仕事終えてこちらに戻ってきた亜雷が、太刀を鞘にしまい、茫然自失状態の八重を軽々と

担ぎ上げた。

「行くぞ。せぇの」

「え、えっ、待っ……!!」

亜雷は、「え」という驚きの声しか発せない八重を担いだまま、崩れ始めた濡れ縁の手すりに足をかけ、勢いよく地上へと飛んでくれた。

八重は絶叫した。ここは崖の上部に設けられた家屋で、地上までの距離はおよそ数十メートルだ。十階以上の高さのマンションから飛び降りたようなものである。

「目を瞑りたかったら、瞑っとけ!」

身体が宙に浮く感覚に戦慄を覚えるも、八重は反射的に「瞑らない!」と返していた。


崖から飛び降りたのは、八重たちだけではなかった。

崩壊する建物から、木彫りの白拍子たちも落ちてくる。それらは地面に音を立てて衝突した直後、形を変え、次々と真っ黒な樹木へ化けた。

八重は絶句しながら、終わらぬ怪異を見つめた。樹木はみるみるうちに生長し、無数に伸びる枝同様に黒い葉をつけ、黒い花をも咲かせた。

そして最後に、「黒い鹿の骨」を実らせた。

（バロメッツの木の亜種とか、そういうの本当に求めてない……！）

バロメッツとは、「羊が生る」という架空の木のことだ。

怪異はまだ続く。紫がかった黒い雪まで降り始める。

亜雷が「なんだあれ」と変な顔をしながら、八重を地に降ろす。

靴を履いていないと気づいたのはこのときで、足が地面に触れた瞬間、ぬちゃっと嫌な音が響いた。見下ろせば、地面は黒油をまぶしたように、ぬかるみに変わっていた。

八重は力いっぱい亜雷にしがみついた。バロメッツの亜種の生長を眺めていた亜雷が八重に視線を向け、腰に腕を回してくる。

「なあ八重……おまえ、俺にまだ言いたいことがあるだろ」

いまそれを聞く!?

愕然としたが、見上げた亜雷の顔にふざけた色はない。

八重はふっと考え、気づいた。

（私が言いたいこと、ではなくて、亜雷のほうに言いたいことがあるんじゃないだろうか）

その閃きが正解のように思えた。八重は横目で、生長を続ける「黒い鹿の骨」を観察しながら、口を開いた。

「なにか、私に言いたいことがあるでしょう？　教えて」

亜雷の手が八重の頰(ほお)に触れた。八重は意識を亜雷だけに集中させた。

「ある」

やっと聞いたかというように、亜雷は困った微笑(びしょう)を見せた。

「俺は、民(たみ)が憎(にく)い。俺を封(ふう)じた奴(やつ)らも……俺を従属させようとしたおまえも」

「……そうだよね」

「──だから、まだ、言わねえ」

亜雷は静かにそう告げた。

──憎しみが去らないから、どうしても人を信用し切れないから、八重を殺害しようとしたことも謝れない。そういうことだろうか。その理由もやはりまだ言えない、という。

だが八重は、気持ちがぐんと軽くなった。

「まだ言えない」という気持ちを差し出してくれた。ほしかったのは真実よりも、心だ。

「べつにおまえは、嫌(きら)いじゃない」

「うん……。うん」

「八重とは定めがつながったんだ。もう、手は出さん。……だから、寂(さび)しそうな顔をするんじゃねえ。俺は、もとは神格の高い神仏の類(たぐ)いなんだぞ。たぶん、人間には優(やさ)しかった。覚えておけ」

自分で優しいとか言っている。

（亜雷は亜雷で、私を手にかけようとしたことを、ずっと後ろめたく思っていたのかもしれない）

彼はしかめっ面のまま、ごんっと八重と額を合わせた。頭突きか、と驚く痛さだった。

だがその後は獣の子のように、ぐりぐりと額を押し付けてくる。こすれる前髪がくすぐったいし、かかる吐息があたたかい。

（マーキングかな？）

と、気恥ずかしく思い始めたところで、どちゃっどちゃっと重い物体がぬかるみに落下する音が聞こえた。

ついに熟し切ったと言っていいのか——「黒い鹿の骨」が枝から落ちて、ぶるりと頭を振り、こちらを見遣った。八重は我に返り、亜雷から少し身を離した。

「化け物退治は得意だ。それがきっと、かつての俺の存在意義だった。——下がってな！」

亜雷が黒太刀を鞘から抜き、天衣を舞わせて、「黒い鹿の骨」の群れを斬り伏せる。一太刀で「黒い鹿の骨」は砕け散るが、数が多い。次々と枝から生まれ落ちる。

亜雷だけではすべてを退治し切れないのではないか。そう焦ったとき、一際大きな「黒い鹿の骨」が生まれ落ちた。

それが、『折った』と鳴いた。

共鳴するように、べつの「黒い鹿の骨」たちも『折った』『折れた』『なぜ折った』と鳴き始

める。

「あぁそうか——こいつ、俺と同じようなものなのか」

ふと亜雷が太刀の先を下げ、呟いた。

「え……？」

「もしも、の俺なのか、これは。八重が清めなければ、俺もやがてはこうなっていたのかもしれねえのか」

亜雷の独白は、乾いていた。

戸惑う八重を、亜雷が振り向く。

「八重、こいつはきっと、俺や栖伊のような存在だ。そんな気配を感じる。神威の名残がある。なにかが原因で堕ちたか。いや、そうだ、きっとここの奴らが、こいつになにかをやらかした。その恨みが奇現の増加を呼んだんだ」

八重は急いで考えた。

（さっきの木彫りがこっちではまず見ない白拍子の恰好をしていたのは、亜雷たちみたいにかつての日本から漂流してきたせい？　封じられていたびひん様に近いってことか。それに美治部の民が手を出し、長老たちが罰せられた結果、奇現に罹った——ああもう、とにかく、なんとかしないと！）

折れた折った折られた、と鳴く「黒い鹿の骨」を見つめ、八重はその場に勢いよく跪いた。

「拝みかしかし、治しましょう！　私は治すの得意です！　怪異の医師ですんで！」

実績も一応は！　栖伊を治したし——と叫んだ瞬間、一際大きな「黒い鹿の骨」が雄叫びのような声を聞かせた。亜雷の頭上を高く飛び越えて、八重に襲いかかってくる。

「逃げろ！」と言われたが、いや、無理だ。身体が動かない——。死ぬと絶望した直後、背後から白銀の虎が飛んできて、口に咥えていた白太刀で「黒い鹿の骨」を叩き斬った。骨の欠片が飛び散った。

駆けつけてくれたのは白虎だけではなかった。

ひゅうと空気を切り裂いて、弓矢が飛んでくる。きょろきょろと周囲をうかがえば、崩れかけの崖に、弓を構える紅雚や頬鳥の姿があった。この怪異に巻き込まれたのか、それとも亜雷のようにパワーで押して乗り込んできたのか。

放心しながら視線を巡らせたとき、ふと自分の膝の上になにか載っているのに八重は気づいた。叩き斬られた骨の残骸かと思ったが、違った。黒く煤けて、半分に割れた木櫛だった。水仙の模様が彫られている。ずいぶん古いもののように見えた。

「治します。……直しますよ」

八重が指先で模様を撫でた瞬間、時が静止したように、降り注いでいた黒い雪が宙でとまった。それがゆっくりと、天へ戻っていく。

八重のまわりの地面から、透き通った薄紫色の芽が伸び始めた。見る間にそれが花開く。

した。

朝顔やパンジー、紫陽花、アヤメ、苧環、桔梗。紫色の花々が、波のように地面を埋め尽くした。

黒い樹木もまた薄紫に変わり、白い蔓や蔦に巻かれ始める。蔓は崖にも這い回り、そこに滴るほどの鮮やかな小紫の実をつけていた。「黒い鹿の骨」の群れもいつしか動くのをやめて、花々に塗れている。

芽生え、咲き乱れ、また芽生え。花々はそれを音もなく繰り返した。どこもかしこも甘い香りが充満していた。七色の風が吹き抜けて、どこからか木漏れ日のような光を花々の上に投げかけた。花弁が朝露を受けたように、ちらちらと輝いた。宝石のように青い翼の小鳥が二羽、八重のそばを仲睦まじく飛び回った。気がつけば空は明るく、淡い薄桃色をしていた。

やがてすべては、蠟燭を吹き消すようにふうっと消え、もとの地に戻った。

崖も、家屋も、なにひとつおかしなところはない。静寂の夜の中を、篝火が燃えている。

茫然としていた紅薙が、「――帆足翁!」とふいに叫び、崖の階を勢いよく下りてきた。

振り向くと、川のほうから、見張り番らしき民に肩を支えられた穏和な顔立ちの男がやってくるところだった。頭に狼の耳を生やした痩身の男である。灰色の髪はさっぱりと短い。

その男と八重は、目が合った。

彼は、地に座り込んだままの八重に近づくと、身を屈めて「ありがとう」と微笑んだ。

目を見張る八重の頭を、後ろから亜雷が乱暴に撫でる。白虎も、もふんと肩に乗ってきた。

異変に気づいた美治部の民が家屋から慌ただしく顔を出す。ぱっ、ぱっ、と家屋に明かりが灯る。

八重は、手の中にある割れた木櫛の感触を意識しながら、駆け寄ってきた綺獣の仔らに埋もれる男の——帆足の姿をしばらく見つめた。

「八重、もう終わったよ。示々那に帰ろう」

マイペースにのんびりせがむ白虎に、八重は目を瞬かせ、「うん」と笑った。


そうして、どさくさに紛れる形で示々那に戻り、三日目。

「——つまるところ身内の不始末だったのです」

帆足はそう話を切り出した。五十あたりの年齢に見えるが、実際はもっと上だという。

「どこの部も似たり寄ったりの状態でしょうが、同一の環性が集まった弊害で、よそとの交流が断絶しています。それはそれで争いが起こらずよいのかもしれませんが、新たな風が入らぬということでもある。視野が狭まれば心も狭小になるものだ。——ええ、私の一族の者が、馬鹿な考えを抱いたのです。美治部の奇祭で長く封じられていたモノの力を奪おうなどと」

「それが、この木櫛の主ですか」

割れた木櫛を差し出す八重の問いに、帆足がうなずく。

「なんという主なのかは知りませんが」

「神器が櫛なら、それに関する神仏の主じゃないでしょうか？」

まさか本当に亜雷の眷属——いや、考えるのはよそう。

「問題は、櫛の主の性質ではなく、手に負えぬから封じられていたという事実を、私の一族が理解しなかったことです。封印を解き放ったあとで、してはならぬ行いであったと気づいたのです。神器は穢れ、呪に変じ、奇現の増加を招きました。一族の者は私の叱責を恐れ、他の長老に相談しました。そこで、過ちを犯した若者をよその部へ婿入りさせることが決められたのです」

「封じられていたモノの怒りから遠ざけるためってことですか？ 異なる環性の女も手に入れられるという一石二鳥を狙った、とか？」

「その通りです。ところが、件の若者が部の外へ出たことで、穢れもまた広がってしまった」

もしかすると、美冶部へ嫁ぐ途中に八重たちが朧者に襲われたのは、それが原因だったのかもしれない。

（その穢れが、びひん様にも力を与えることになって……朧者を操って、黒太刀をウィスキーハウスから盗み出す結果になったのかな）

亜雷がしきりに朧者の増加を不思議がっていた理由が、これでわかった。だが部同士の結婚話から、裏があったとは……。

「神器を穢した若者の一族たる私にも呪いが移りました。あとはあなた方もご存じの通りです。ところがそこで、あなた方がただの奇現ではなく呪いが原因ではないかと疑いを持った。部の不始末が花耆部へ漏れたら女を返せと訴えられる恐れがある。焦った者が神器を割り、あなたに呪詛を移そうとした」

「私が、よき夫をあてがうと言われても受け入れなかったから、どうせ美治部に属さないのなら呪いを押し付けてやれ、という……？」

「……ええ、玉尾翁が先走ってしまった。なにも知らぬ子どもたちに幻覚を見せる粉末を混ぜた飴をあなたに運ばせました。そして術にかかりやすくなったあなたに呪いを移そうとしたわけですが――」

八重は引きつった笑みを浮かべた。

ありがとう、ガタガタ動きつつ私の布団に潜り込んでくれた黒太刀！

（亜雷にあとで聞いたら、あれは黒太刀が気まぐれで勝手に動いたらしいんだよね）

今度から黒太刀を目一杯可愛がってやろうと八重は心に誓った。

「なんにせよ、我が部の騒動に巻き込んでしまったあなたには心から謝罪します。これでおさめてほしいというわけではないが、詫びの品を持ってきましたので、ぜひ受け取っていただきたい」

そう結んだ帆足の背後には、荷車がある。そこに行李が積み上げられていた。

八重は困った。

礼は不要なので、もう関わらないでほしいというのが偽らざる本音だ。

言外にそう伝えるために、八重たちは誰にも挨拶せずに美治部を去り、示々那に戻ってきたのだ。木櫛は毎日磨くようにして、黒ずみを落としているところである。奇麗にしたあとは、手先の器用な栖伊に協力を頼みつつ修繕するつもりだった。

しかし、放っておいてほしいという八重の望みとはうらはらに、今日の午後、馬に荷車をひかせた帆足がこうして示々那にやってきた。供の者は連れていない。

「花者部へは、べつの若者を婿として送り直します。……あちらの長が、今回の災いの理由は伏せておこうとおっしゃった。不幸中の幸いで、花者部にはとくに被害が及んでいない。むしろ理由が明るみに出れば、和魂性の民はますます荒魂の者を敬遠してしまう。それは避けたいという話でした」

「ああ、長はそう言うでしょう。それでいいと思います」

「八重先生も、よいのですか」

年上の、長老の立場にある相手に先生と呼ばれるのは面映ゆい。

「では、あなたが許してくれるのなら、今度こそ美治部へ籍を移しませんか」

「いや、それは」

やめておく、と八重が断る前に、それまでおとなしく八重の足元に寝そべっていた虎兄弟が尾を膨らませて、うがっと吼えた。

八重たちは、缶ハウスの外に置いている縁台に座って話をしている。缶ハウス内がまだ整っておらず、人を呼べる状態ではなかった。

「花耆部の長も、先生をひどく案じておられた」

「……気持ちは嬉しいですが」

八重は微笑んだ。いまなら、その言葉を素直に受けとめられる。

「でも私、ここで暮らします。これからは自由に生きてみようと思っているんです」

「自由ですか」

帆足が首を傾げる。

「花耆部でもあまり馴染めていませんでしたし――いいえ、これは私の心の問題もあるんですが――色々あったから、あちらに戻っても、美冶部に身を寄せても、この先ずっと腫れ物状態の扱いをされると思います。――どっちも嫌だな！」

八重は、解放された気分のまま、本心を伝えた。

皆に好かれなくても、いい。嫌われても失望されても、自分の心を優先してみよう。いまはそう思える。まだ弱い自分は残っているが、少しだけ前進できたと信じている。

（やりたいと思えることも見つかった）

誰かにありがとうと言われるのが嬉しい。八重の見たかった笑顔につながる言葉だ。

（お医者さんになってやろうじゃないの）

そんなふうに、心に力が満ちている。

「居場所がないなら作ってしまえばいいという簡単なことにやっと気づいたので、どこへも行きません」

話はこれで終わりだろうと決め付けてしまったが、帆足が帰る様子はない。

「そうですか、残念だ」

さほど残念そうな顔をせず、帆足は脇に置いていた包みを自分の膝へ移動させた。

開かれた包みの中には一冊の古い手帳らしきものが入っている。表紙には赤と黒の、梅の花模様があった。

「……御朱印帳？」

八重のとっさの独白を聞いて、帆足が朗らかに微笑んだ。仮に八重が年上好きであったら、かなりぐらっとくる魅惑の微笑だったが、なんだか寒気がする。

「やあ、わかるんですねえ。そうです、これは『御朱印帳』というものらしいですよ。私の一族に代々引き継がれてきたものなんですけれどもね」

「……はあ」

警戒する八重とは逆に、興味を示した虎兄弟がすっと人の姿に戻り、御朱印帳を覗き込んだ。

「なんかこれ……見覚えがあるな？」

「そうだねえ兄様」

あるでしょうね、と八重は心の中で答えた。御朱印とは、神社などに参拝したときに書いてもらえる印のことだ。彼ら兄弟が本当に名のある神仏だったなら、たぶん参拝客がその御名をいただきに、社を訪れていたに違いない。

「でも墨がほとんどかすれて読めねえな」

「というより、これはもう文字が崩れすぎていて意味をなくしつつあるね」

そう分析する兄弟に、帆足は嬉しげな顔を向けた。八重はますます嫌な予感がした。

「私の祖から伝わっている話です。……かつて誰かが、異域から流れてきた荒ぶるモノを鎮めるため、この冊子に神々の名と場所を記したのだとか。その者たちは、各国の大乙守の祖だとも言われていますね」

「へえ」

「それで？」

興味津々に兄弟が先を促す。八重はそっと身を引いたが、兄弟に両側から肩を抱かれた。

「しかしもはやこの文字を読める者がいなくなり、意味が失われてしまった。そうして時が流れた結果、奇物の巨大化が起こり、封じられていた荒ぶる者も変形していったそうで」

帆足が深刻ぶって説明する。

「各地に奇祭として残っていますが、それも現在では行う者が減りました。穢れや堕つ神が多く彷徨うようになったといいます。近年の奇現の増加もここに起因しているのではないかと私は思っています」

「すみません、そのお話と私になんの関係が……？」

雲行きの怪しさを感じ取って、八重は硬い声で尋ねた。

「この御朱印帳をもとに、変形したモノを探し、宥めて、書き直さねばならぬのです。新たに『奇瑞彙記』としてです。他の朧者や堕つ神とは違って、それらは力が大きすぎる。野放しにはできません」

「……へえ。大変ですね」

「私が捜索と封印を行うつもりだったのですが、今回の奇現ですっかり窶れてしまい……」

「いや、回復されたように見えますが」

焦る八重に、帆足はにこりと笑って御朱印帳を押し付けてきた。いらないですと押し返したら、無理やり手に握らされる。

「無償とは言いません。今後、先生の生活を支援しましょう。男手が必要でしたら、活きのいいのがいますので、それもすぐにこちらへ送ります」

誰を送ってくるか想像がついた。

「遠慮します」

八重はもう嫌なものは嫌だと言える人間になったのだ。

が、帆足は怯まない。

「災いごとを押し付ける気はないんですよ。ただこれは、八重先生にというよりも、そちらの彼らに預けるべきかと思ったのです」

「亜雷たちに？」

「彼らはただの綺獣ではない。そうですね？」

どきっとする八重の手から、亜雷が御朱印帳を奪う。

「……ひょっとしてこの中に俺の眷属がいるのかよ」

「おれたちの？」

八重は呻きたくなった。この流れはまずい。虎兄弟の眷属が苦しんでいるのかもしれないのに目を逸らすというのは、まずい。それに帆足は神通力を持っているのだったか。おそらく亜雷たちの神通力の質が他と異なることに気づいている。だけどもここで冊子を受け取ったら、この先平穏な生活が遠ざかる気がしてならない。

「……八重、嫌なら受け取らなくていいよ。おれも兄様も、おまえが一番だ」

栖伊に切なげに微笑まれて、八重はぐらっと心が傾いた。

我ながらちょろすぎないだろうか……。

「でも八重は気にするんだよな。俺はこいつの性格がわかってきたからな」

亜雷が笑って、八重の顔を覗き込む。

「なあ八重、俺の頼みを聞いてくれるか？」

ぐらっと傾いた心が、今度は鮮やかな熱を持つ。

「聞いてくれたら、俺、なんだか人間が好きになりそう……」

「すごく嘘臭い！」

「聞いてくれなかったら、呪いそう……」

「ひどくない!?」

待って、この感情はちょっとどうかと思う。お願いだから、あんまり見惚れるような笑みを浮かべないで。本当、まずいのだ。

無性が荒魂性の男に惹かれるなんて、茨の道すぎる。

「いいだろ、八重先生。八百万の化け物どもを誑かそうじゃないか」

――それを言うなら、八百万のモノたちの御霊を治そう、じゃないだろうか？

八重は奇現専門の医者らしいから。

あとがき

はじめまして、あるいはこんにちは。糸森環です。

本書をお手に取ってくださり、ありがとうございます。


このお話は、和風×獣という好きな要素を詰め込んだ内容になっております。

少女と従者の獣という組み合わせがとても好きです。

これまで大犬だったり竜だったり鳥だったりといくつか獣を書いてきた記憶がありますが、そういえば虎がメインの話はなかったかな……？　と思い、こんな物語が生まれました。獅子にしようかとも迷いました。熊もいいなあ……。


古代的な世界ながらも生活レベルは戦国時代以上、というような場所に主人公が転生しています。


前世の記憶持ちなので本人的にはそれなりに精神が成熟していると思っていますが、現在の肉体年齢に心がかなり引っぱられています。そんな感じで、よく考え込む主人公になりました。

また、異界の医者になるという流れですが、ファンタジー設定ですのでリアル医術とはまったく違います。

謝辞を。

この巻から担当者様が交替されました。お二方に感謝致します。これまでお世話になりました担当者様、本当にありがとうございました。どうかお身体をお大事に、今後の活躍をお祈りいたします。

新担当者様、これからお世話になります（既に締切等でご迷惑をおかけしておりますが……！）。担当していただけてとても光栄です。今後ともご指導のほどよろしくお願い致します。

Ｉｚｕｍｉ様、ご一緒にお仕事をさせていただけてとても嬉しく思います。登場人物のデザインも本当に素敵で、ラフを拝見した時、喜びが迸りました。主人公も亜雷も、かわいく格好よく、美しいです……！　小説に豊かな魅力と表情を与えてくださり感謝です。

編集部の皆様、デザイナーさん、校正さん、書店さん、本書出版に際し、お力添えくださったすべての方に心よりお礼申し上げます。家族や知人にもお礼を。

この本をお読みくださった方々に、どうかわくわくどきどきしていただけますように。

またお会いできましたら嬉しいです。

糸森　環

「かくりよ神獣紀 異世界で、神様のお医者さんはじめます。」の感想をお寄せください。
おたよりのあて先
〒102-8177 東京都千代田区富士見2-13-3
株式会社KADOKAWA 角川ビーンズ文庫編集部気付
「糸森 環」先生・「Izumi」先生
また、編集部へのご意見ご希望は、同じ住所で「ビーンズ文庫編集部」
までお寄せください。

かくりよ神獣紀（しんじゆうき）

異世界（いせかい）で、神様（かみさま）のお医者（いしや）さんはじめます。

糸森（いともり） 環（たまき）

角川ビーンズ文庫 22154

令和2年5月1日 初版発行

発行者――三坂泰二
発 行――株式会社KADOKAWA
〒102-8177 東京都千代田区富士見2-13-3
電話 0570-002-301（ナビダイヤル）
印刷所――株式会社暁印刷
製本所――株式会社ビルディング・ブックセンター
装幀者――micro fish

●お問い合わせ
https://www.kadokawa.co.jp/ (「お問い合わせ」へお進みください)
※内容によっては、お答えできない場合があります。
※サポートは日本国内のみとさせていただきます。
※Japanese text only

ISBN978-4-04-109393-1 C0193 定価はカバーに表示してあります。 ◇◇◇

華耀後宮の花嫁
シリーズ
月刊プリンセス　別冊ふろく
「プリンセス・パレス」(秋田書店)で
コミカライズ連載中！
(漫画／藤野ポチョムキン)
隣国の第三皇子、朔耀(10歳！)に輿入れした公主・翡翠。逃亡するはずが怪しい廟に閉じ込められ、一晩かけて脱出すると、十年が経っていた！しかも朔耀は年上で皇帝になっていて、翡翠を妃にすると言い出し!?
山崎里佳
イラスト／深山キリ
①時を越えたら、溺愛陛下!?　②闇を裂いたら、最愛陛下!?

●角川ビーンズ文庫●

春霞瑞獣伝
しゅんか
ずいじゅうでん
後宮にもふもふは必要ですか？
別冊ふろく
月刊プリンセス
「プリンセス・パレス」（秋田書店）で
コミカライズ連載中!!
（漫画／久世みずき）
九江　桜
ここのえ　さくら
ill ゆき哉
かな
公主の彩華は珍獣の世話をしてひっそり暮らしていた。そこへ新皇帝・朗清がやってきて、春霞宮の取り潰しを宣言！　驚く彩華だが、なぜか珍獣を「吉兆を告げる瑞獣」と勘違いされ、共に後宮入りを命じられて……!?

天にあらがえ、ひとたびの恋
銀狼の姫神子
西嶋ひかり
イラスト／サカノ景子
第17回角川ビーンズ小説大賞、
〈優秀賞〉受賞作！
永遠を生きる姫宮として、一人で世界を守ってきた真珠。ある日、若き国主の透輝が命を狙いに来る。生き残るため、真珠は禁断の婚姻契約を交わすが？
愛したら、死ぬ。本能が、魂が求め合う、和風ラブファンタジー！

●角川ビーンズ文庫●

一華後宮料理帖
三川みり
イラスト／凪かすみ
食を愛する皇女の後宮奮闘記!
貢ぎ物として大帝国・崑国へ後宮入りした皇女・理美。他国の姫という理由で後宮の妃嬪たちから嫌がらせを受けるが、持ち前の明るさと料理の腕前で切り抜けていく。しかし突然、皇帝不敬罪で捕らえられてしまい!?
好評発売中 一華後宮料理帖 ①〜⑪
●角川ビーンズ文庫●

ジュエリーブランドの総務課で働く理沙は、寝る前に読んでいた「ルシアン王国物語」の世界に突然トリップ！宝石の聖女の化身・リサ様と崇められ、しかも隣国のイケメン王子・リカルドには甘い言葉で求愛されて——!?